名家散文珍藏

林海音散文

林海音 著

浙江文艺出版社

扫一扫,走近名家

目录

北平漫笔

003 我的童玩

012 在胡同里长大

017 北平漫笔

042 虎坊桥

049 天桥上当记

058 文华阁剪发记

070 家住书坊边

083 冬阳·童年·骆驼队

086 英子的乡恋

097 苦念北平

平凡之家

105
旧时三女子

117
婆婆的晨妆

122
黄昏对话

129
平凡之家

133
小林的伞

137
书桌

143
教子无方

147
鸭的喜剧

153
今天是星期天

160
故乡一日

感情的窗

171
门

174
窗

177
友情

181
童年和童心

187
豆腐一声天下白

192
生之趣

196
漫谈"吃饭"

201
豆腐颂

208
读传杂记

221
唯有寂寞才自由

北平漫笔

我默默地想,慢慢地写,又看见冬阳下的骆驼队走过来,又听见缓缓悦耳的驼铃声。童年重临于我的心头。

我的童玩

我的"小脚儿娘"

老九霞的鞋盒里,住着我心爱的"小脚儿娘",正在静静地等着她的游伴——李莲芳的"小脚儿娘"。

夏日午后,院子里的榆树上,唧鸟儿(蝉)拉长了一声声"唧——唧——"的长鸣。虽然声音很响亮,但是因为单调,并不吵人,反而是妈妈带着小弟弟、小妹妹在这有韵律声音中,安然地睡着午觉。只有我一个人,在兴奋地等着李莲芳的到来——我们要玩小脚儿娘。

一放暑假,我就又做了几个新的小脚儿娘。一根洋火棍、几块小小的碎花布做成的小脚儿娘，不知道为什么给我那么大的快乐。

老九霞的鞋盒，是小脚儿娘的家；鞋盒里的隔间、家具，也都是我用丹凤牌的洋火盒堆隔成的。如果是床，上面就有我自己做的枕和被；如果是桌子，上面也有我剪的一块白布钩了花边的桌巾。总之，这个小脚儿娘的家，一切都是照我的理想和兴趣，最要紧的，这是以我艺术的眼光做成的。

最让人兴奋的是，中午吃饭的时候，我准备了一个用厚纸折成的菜盒，放在坐凳上我屁股旁边。等爸爸一吃完饭放下筷子离开饭桌时，我的菜盒就上了桌。我搛了炒豆芽儿、肉丝炒榨菜、白切肉，等等，装满一盒子。当然，宋妈会在旁边瞪着我。不管那些了，牙签也带上几根，好当筷子用。

李莲芳抱着她的鞋盒来了。我们在阴凉的北屋套间里，展开了我们两家的来往。掀开了两个鞋盒，各拿出自己的小脚儿娘来。我用手捏着只有一条裤脚管和露出鞋尖的小脚儿娘，哆哆哆地走向李莲芳的鞋盒去，然后就是开门、让座、喝茶、吃东西、聊闲天儿。事实上，这一切都是我俩在说话、在喝茶、在吃中午留下来的菜。说的都是大人说的话，趣味无穷。因为在这一时刻，我们变成了家庭主妇，一个家的主妇，可以主动、可以发挥，最重要的是不受制于大人。

从六岁到六十岁

旧时女孩的自制玩具和游戏项目，几乎都是和她们学习女红、练习家事有关联的。所谓寓教育于游戏，正可以这么说。但这不是学校的教育课程，而是在旧时家庭中自然形成的。

我五岁自台湾随父母去北平，童年是在大陆北方成长的，已经是十足北方女孩子气了。我愿意从记忆中找出我童年的游乐、我的玩具和一去不回的生活。

昨天，为了给《汉声》写这篇东西和做些实际的玩具，我跑到沅陵街去买丝线和小珠子，就像童年到北平绒线胡同的瑞玉兴去挑买丝线一样。但是想要在台北买到缠粽子用的丝绒线是不可能的了。我只好买些粗的丝线，和穿孔较大的小珠子，因为当年六岁的我，和现在六十岁的我，眼力的使用是不一样的啊！

用丝线缠粽子，是旧时北方小姑娘用女红材料做的有季节性的玩具。先用硬纸做一个粽子形，然后用各色丝绒线缠绕上去。配色最使我快乐，我随心所欲地配各种颜色。粽子缠好后，下面做上穗子，也许穿上几颗珠子，全凭自己的安排。缠粽子是在端午节前很多天就开始了，到了端午节早已做好，有的送人，有的自己留着挂吊起来。同时做的还有香包,用小块红布剪成葫芦形、菱形、方形,缝成小包,里面装些香料。穿起来加一个小小的粽子,挂在右襟纽襻上,走来走去,美不唧唧的。除了缠粽子以外,也还把丝绒线缠在卫生球(樟脑丸)上。总之,都成了艺术品了。

珠子,也是女孩子喜欢玩的自制玩物,兼有女性学习用它做装饰品。我用记忆中的穿珠法,穿了一副指环、耳环、手环,就算是我六岁的作品吧!

挃子儿

北方的天气,四季分明。孩子们的游戏,也略有季节的和室内外的分别。当然大部分动态的在室外,静态的在室内。女孩子以女红兼游戏,是在室内多,但也有动作的游戏,是在室内举行的,那就是"挃子儿"。

挃子儿的用具有多种,白果、桃核、布袋、玻璃球,都可以。但玩起来,它们的感觉不一样。白果和桃核,其硬度、弹性差不多。布袋里装的是绿豆,不是圆形固体,不能滚动,所以玩法也略有不同。玻璃球又硬又滑,还可以跳起来,所以可以多一种玩法。

单数(五或七粒)的子儿,一把撒在桌上,桌上铺了一层织得平整的宽围巾,柔软适度。然后拿出一粒,扔上空,手随着就赶快捡上一颗,再扔一次,再捡一颗,把七颗都捡完，再撒一次，这次是同时捡两颗，再捡三颗的，最后捡全部的。这个全套做完是一个单元，做不完就输了。

女性的手比较巧于运用，当然是和幼年的游戏动作很有关系。记得看到外国杂志说，有的外科医生学女人用两根针织毛线，就是为了练习手指运用的灵巧。

抓子儿，冬日玩得多，因为是在室内桌上。记得在小学读书时，冬日里到了下课十分钟，男生抢着跑出教室到外面野，女生赶快拿出毛线围巾铺在课桌上，抓起子儿来。

为了收集这些玩具给《汉声》，我买来一些白果，试着玩玩。结果是扔上一颗白果，老花眼和略有颤抖的手，不能很准确地同时去捡桌上的和接住空中落下来的了。很悲哀呢！

除了抓子儿，在桌上玩的，还有"弹铁蚕豆儿"。顾名思义，蚕豆名铁，是极干极硬的一种。没吃以前，先用它玩一阵吧，一把撒在桌上，在两粒之中用小指立着划过去，然后捏住大拇指和食指，大拇指放出，以其中的一粒弹另外一粒，不许碰到别的。弹好，就可以捡起一粒算胜的，再接着做下去，看看能不能把所有的都弹光，那就算赢了。

跳绳和踢毽子

这两项游戏虽是至今存在，不分地方和季节的，但是玩具就有不同。跳绳，当然基本是麻绳，后来有童子军绳和台湾的橡皮筋。我最喜欢的，却是小时候用竹笔管穿的跳绳。放了学到琉璃厂西门一家制笔作坊，去买做笔切下约寸长的剩余竹管，其粗细相当我们用来写中楷字的笔。很便宜地买一大包回来，用白线绳一个个穿成一条丈长的绳。这种绳子，无论打在硬土地上、砖地上，都会发出清脆的竹管声，在游戏中也兼听悦耳的声音。

跳双绳颇不易，有韵律，快速。但是在跳绳中捡铜子儿，也不简单。把一叠铜子儿放在地上（绳子落地碰不到的地方），每跳一下，低头弯腰下去捡起一个铜子儿，看你赶不赶得上再跳第二下。又跳，又弯腰，又伸手捡钱，虽不是激烈运动，却是全身都动的运动呢！

踢毽子是自古以来的中国游戏，这玩具羽毛是基础，但是底下的托子却因时代而不同了。在我幼年时，虽然币制已经用钢板为硬币，但是遗留下来的制钱，还有很多用处，做毽子的底托，就是最好的。方孔洞，穿过一根皮带，把羽毛捆起来，就是毽子了。

自己做毽子，也是有趣的事。用色纸剪了当羽毛，秋天的大朵菊花当羽毛，都是毽子。而记忆中有一种为儿童初步学踢毽子的，叫"踢制钱儿"，两枚制钱用红头绳穿起来，刚好是小孩子的手持到脚的长度即可。小孩子提着它，一踢一踢的，制钱打着布鞋帮子，倒也很顺利。

踢毽子到学习花样儿的时候，有一个歌可以边念边踢，照歌词动作："一个毽儿，踢两瓣儿。打花鼓，绕花线儿。里踢，外拐。八仙，过海。九十九，一百。"

念完，刚好踢十下，但是踢到第五下以后，就都是"特技"了！

活玩意儿

小姑娘和年幼的男孩，到了春天养蚕，也可以算"玩"的一种吧！到了春天，孩子们来索求去年甩在纸上的蚕卵，眼看着它出了黑点，并且动着，渐渐变白，变大。于是开始找桑叶，洗桑叶，擦干，撕成小块喂蚕吃。要吐丝了，用墨盒盖，包上纸，把几条蚕放上去，让它吐丝，仔细铲除蚕屎。吐够了做成墨盒里泡墨汁用的芯子，用它写毛笔字时，心中也很亲切，因为整个的过程，都是自己做的。

最意想不到的，北平住家的孩子，还有玩"吊死鬼儿"的。吊死鬼儿，是槐树虫的别名，到了夏季，大槐树上的虫子像蚕一样，一根丝，从树上吊下来，一条条的，浅绿色。我们有时拿一个空瓶、一双筷子，就到树下去一条条地夹下来放进瓶里，待夹了满满一瓶，看它们在瓶里蠕动，是很肉麻的，但不知为什么，不怕。玩够了后怎么处理，现在已经忘了。

雨后院子白墙上,爬着一个浅灰色的小蜗牛,它爬过的地方,因为黏液的经过,而变成一条银亮的白线路了。你要拿下来,谁知轻轻一碰,蜗牛敏感的触角就会缩回到壳里,掉落到地上,不出来了。这时,我们就会拉出了声音唱念着:

"水牛儿——水牛儿,先出犄角后出头。你妈——你爹,给你买烧饼羊肉吃呀!……"

又在春天的市声中,有卖金鱼和蝌蚪的,蝌蚪北平人俗叫"蛤蟆骨朵儿"。花含苞未开时叫"骨朵儿",此言青蛙尚未长成之意。北平人活吞蝌蚪,认为清火。小孩子也常在卖金鱼挑子上买些蝌蚪来养,以为可以变成青蛙,其实玻璃瓶中养蝌蚪,是从来没有变成过青蛙的,但是玩活东西,总是很有意思的。

剪纸的日子

一张张四四方方彩色的电光纸,对折,对折,再对折,小小的剪子在上面运转自如地剪起各种花样。剪好了,打开来,心中真是高兴,又是一张创作,图案真美,自己欣赏好一阵子,夹在一本爸爸的厚厚的洋书里。

剪纸,并不是小学里的剪贴课,而是北方小姑娘的艺术生活之一。有时我们几个小女孩各拿了自己的一堆色纸,凑在一起剪，互相欣赏，十分心悦。

等到长大些，如果家中有了喜庆之事，像爷爷的生日，哥哥娶嫂子，到处都要贴寿字、双喜字，我们就抢不及地帮着剪，这时，有创意的艺术字，就可以出现了。

在胡同里长大

欣赏喜乐的六十多幅画北平的彩色图片，一面细读这一篇篇有趣的散文，也就一阵阵勾起我的第二故乡之思。尤其在这些画片中，很多是画到胡同风光的，使我这自小在"胡同"里长大的人，不由得看着看着图片，就回到椿树上二条、新帘子胡同、西交民巷、梁家园、南柳巷和永光寺街这些我住过的胡同里去——在北平的二十六年里，从五岁到三十一岁，我只住过两次大街，那就是虎坊桥大街和南长街。在北平一年四季的生活，在胡同里穿出穿进的，何止是"春天的胡同"（喜乐给小民画插图的书名）。北平是个四季分明的地方，不像台湾这样四季常绿，记得我的母亲生前曾讲过她第一次到北平的笑话：到北平去时是二月，树还没发芽，都是干树枝子，我的母亲竟土里土气地说："怎么北京的树都死光啦！"

在干树枝上，可以很清楚地看见鸟巢，或者下大雪的日子，满树银白，一碰，雪花抖搂下来，冰凉地掉在你的后脖里，小孩子都会又惊奇又高兴地缩着脖子吱吱叫。

冬夜的胡同里，可以听见几种叫卖声，卖半空儿花生的，卖萝卜赛梨的，卖炸豆腐开锅的。开门出去，买个叫作"心里美"的萝卜，在一盏小灯下，看卖萝卜的挑出一个绿皮红瓤的，听他用小刀劈开萝卜的清脆声，就让你满心高兴。北平俗话说："吃萝卜就热茶，气得大夫满街爬！"在一炉红火上，开水壶冒气嗡嗡地响了，吃着半空儿花生或萝卜，喝着热茶，外面也许是北风怒吼，屋里却是和谐温暖，这种情况，北平老乡都曾经历过、体验过。

夏日的胡同，最记得黄昏时光，太阳落山热气散了，孩子们放学回家。有时放了学的哥姊，要照顾小弟弟小妹妹，就大大小小地推开街门到胡同里玩。黄昏里的胡同风光，我记忆最深刻的是卖晚香玉的。把晚香玉穿成一个个花篮，再配上几朵小红花，挂在一根竹竿上，串胡同叫卖。买花的多是家庭妇女，头一只晚香玉花篮，挂在卧室里，满室生香。最使孩子们兴奋的，是"唱话匣子的"过来了，他背负着一个大喇叭，提着胜利牌俗名"话匣子"的手摇留声机，那时有几家有自备唱机的呢,所以这种租听留声机的行业,就盛行于我的幼年。唱片中,以京剧、地方戏为多,开头说着"高亭公司特请梅兰芳老板唱《贵妃醉酒》"等语,兼有歌曲,但最教人兴奋的,是他送听一曲《洋人大笑》的唱片。那张唱片,从头到尾是洋人大笑,哈哈哈,嘻嘻嘻,呵呵呵,各种笑声,听的人当然也跟着大笑。这张唱片,相信许多人都听过。

胡同里虽然时有叫卖声,但是一点儿也不吵人,而且北平的叫卖声,各有其抑扬顿挫,现在回想起来,非常好听。比如夏日卖甜瓜的过来了,他撂下挑子,站在那儿,准备好了,就仰起头来,一手自耳朵后捂着,音乐般地喊着:"欸——卖哎好吃得欸——苹果青的脆甜瓜咧——"他为什么半捂着耳朵,是为了在喊出去的时候,也可以收听自己的叫喊声,看是否够味儿吧!上午在胡同里出现的,有卖菜的,卖花的,换绿盆儿的,换取灯儿的,送水的,倒土的,淘茅房的……都是每天胡同生活的情景。

说起"换取灯儿的",使我回忆起那些背着篓筐,举步蹒跚的老妇人。她们是每天可以在胡同里看见、听见的人物之一。冬日里,她们头上戴着绒布或绒线帽子,手上套着露出手指的手套,来到胡同,就高喊着:"换洋取灯儿咧!换榁勒子儿啊!"

"取灯儿"就是火柴,"洋取灯儿"还是火柴,只因这玩意儿的形式是外来的，所以后来加个"洋"字。那时的洋取灯儿，多为红头儿的丹凤牌，盒外贴着砂纸，一擦就迸出火星。"榅子儿"（"勒"是我加诸形容她的叫卖声的）是像桂圆核一样的一种植物的实，砸碎它泡在水里，浸出黏液，凝滞如胶，是旧时妇女梳好头后搽抹的，也就是今日妇女做发后的"喷发胶"。而榅子儿液，反而不像今日发胶是有毒的化学制品，浸入头皮里有危险。无论你家搬到哪条胡同，都会有不同的"换取灯儿的"妇人，穿梭于胡同里。

"换取灯儿"的老妇人，大概只有一个命运最好的。很小就听说，那就是四大名旦尚小云的母亲，是"换取灯儿的"出身。有一年，尚小云的母亲死了，出殡时沿途有许多人看热闹，我们住在附近（当时我家住在南柳巷），得见这位老妇人的死后哀荣。在舞台上婀娜多姿的尚小云，重孝服上是一个连片胡子脸（旧时孝子在居丧六十天里不能刮胡子）。胡同里的人都指点着说，那是一个怎样的孝子，并且说死者是一个怎样出身的有后福的老太太。

在20世纪30年代小说里，也有一篇描写一个"换取灯儿的"妇人的恋爱故事，那就是许地山（落华生）所写的短篇小说《春桃》，是我记忆深刻，而且非常欣赏的小说，它感人至深。主角"春桃"是一个很可爱的不识字的旧女子。《春桃》一开头儿，就描写的是北平的胡同景色：

这年的夏天分外地热。街上的灯虽然亮了,胡同口那卖酸梅汤的还像唱梨花鼓的姑娘耍着他的铜碗。一个背着一大篓字纸的妇人从他面前走过,在破草帽底下虽看不清她的脸,当她与卖酸梅汤的打招呼时,却可以理会她有满口雪白的牙齿。她背上担负得很重,甚至不能把腰挺直,只如骆驼一样,庄严地一步一步踱到自己门口。

再说到北平的交通工具,穿梭于大街上、胡同里的,也多是洋车。洋车就是人力车,这个"洋"是代表东洋日本,因为它最早是从日本传入的。洋车在胡同出入,不会碰到在胡同玩耍的孩子,跑得慢嘛!北平因为是方方正正的城,如果偶有斜巷,就会取名斜街,如杨梅竹斜街、王广福斜街、东斜街、西斜街、上斜街、下斜街、白米斜街……所以拉洋车的如果要转弯,就叫"东去""西去",而不是像现在所说的"左转""右转";要下车叫停,也是吩咐"路南到了""路北下车"等语。

喜乐所画的胡同风光,是画的典型的当年北平胡同和谐生活的真实情景。胡同里不管是大宅门儿、小住家儿,生活得都很安静,因为北平人的生活,步调一向不快。胡同里的宅墙,该修该补该建新的,也都年年做,所以虽属小门户,在胡同里看下去,也是整整齐齐的。

北平漫笔

秋的气味

秋天来了,很自然地想起那条街——西单牌楼。

无论从哪个方向来,到了西单牌楼,秋天,黄昏,先闻见的是街上的气味。炒栗子的香味弥漫在繁盛的行人群中,赶快朝那熟悉的地方看去,和兰号的伙计正在门前炒栗子。和兰号是卖西点的,炒栗子也并不出名,但是因为它在街的转角上,就不由得就近去买。

来一斤吧!热栗子刚炒出来,要等一等,倒在箩中筛去裹糖汁的沙子。在等待称包的时候,另有一种清香的味儿从身边飘过,原来眼前街角摆的几个水果摊子上,啊!枣、葡萄、海棠、柿子、梨、石榴……全都上市了。香味多半是梨和葡萄散发出来的。沙营的葡萄,黄而透明,一撅两截,水都不流,所以有"冰糖包"的外号。京白梨,细而嫩,一点儿渣儿都没有。"鸭儿广"柔软得赛豆腐。枣是最普通的水果,郎家园是最出名的产地,于是无枣不郎家园了。老虎眼枣、葫芦枣、酸枣,各有各的形状和味道。"喝了蜜的柿子"要等到冬季,秋天上市的是青皮的脆柿子,脆柿子要高桩儿的才更甜。海棠红着半个脸,石榴笑得露出一排粉红色的牙齿。这些都是秋之果。

抱着一包热栗子和一些水果,从西单向宣武门走去,想着回到家里在窗前的方桌上,就着暮色中的一点光亮,家人围坐着剥食这些好吃的东西的快乐,脚步不由得加快了。身后响起了当当的电车声,五路车快到宣武门的终点了。过了绒线胡同,空气中又传来了烤肉的香味,是安儿胡同口儿上,那间低矮窄狭的烤肉宛上人了。

门前挂着清真的记号,它们是北平许多著名的回民馆子中的一个,秋天开始,北平就是回民馆子的天下了。矮而胖的老五,在案子上切牛羊肉,他的哥哥老大,在门口招呼座儿,他的两个身体健康、眼睛明亮、充分表现出回民青年精神的儿子,在一旁帮着和学习着剔肉和切肉的技术。炙子上烟雾弥漫,使原来就不明的灯更暗了些,但是在这间低矮、烟雾弥漫的小屋里，却另有一股温暖而亲切的感觉，使人很想进去，站在炙子边举起那两根大筷子。

老五是公平的，所以给人格外亲切的感觉。它原来只是一间包子铺，供卖附近居民和路过的劳动者一些羊肉包子。渐渐地，烤肉出了名，但它并不因此改变对主顾的态度。比如说，他们只有两个炙子，总共也不过能围上一二十人，但是一到黄昏，一批批的客人来了，坐也没地方坐，一时也轮不上吃，老五会告诉客人，再等二十几位，或者三十几位，那么客人就会到西单牌楼去绕个弯儿，再回来就差不多了。没有登记簿，他们却是丝毫不差地记住了前来后到的次序。没有争先，不可能插队，一切听凭老大的安排。他并没有因为来客是坐汽车的或是拉洋车的，而有什么区别，这就是他的公平和亲切。

一边手里切肉一边嘴里算账，是老五的本事，也是艺术。一碗肉、一碟葱、一条黄瓜，他都一一唱着钱数加上去，没有虚报，价钱公道。在那里，房子虽然狭小，却吃得舒服。老五的笑容并不多，但他给你的是诚朴的感觉，在那儿不会有吃得惹气这种事发生。

秋天在北方的故都，足以代表季节变换的气味的，就是牛羊肉的膻和炒栗子的香了！

男人之禁地

很少——简直没有——看见有男人到那种店铺去买东西的。做的是妇女的生意，可是店里的伙计全是男人。

小孩的时候，随着母亲去的是前门外煤市街的那家，离六必居不远，冲天的招牌，写着大大的"花汉冲"的字样，名是香粉店，卖的除了妇女化妆品以外，还有全部女红所需用品。

母亲去了，无非是买这些东西：玻璃盖方盒的月中桂香粉，天蓝色瓶子广生行双妹嚜的雪花膏（我一直记着这个不明字义的"嚜"字，后来才知道它是译英文"商标"Mark的广东造字），猪胰子（通常是买给宋妈用的）。到了冬天，就会买几个瓯子油（以蛤蜊壳为容器的油膏），分给孩子们每人一个，有着玩具和化妆品两重意义。此外，母亲还要买一些女红用的东西：十字绣线、绒鞋面、钩针……这些东西男人怎么会去买呢？

母亲不会用两根竹针织毛线，但是她很会用钩针织。她织的最多的是毛线鞋，冬天给我们织墨盒套。绣十字布也是她的拿手，照着那复杂而美丽的十字花样本，数着细小的格子，一针针、一排排地绣下去。有一阵子，家里的枕头套、妈妈的钱袋、妹妹的围嘴儿，全是用十字布绣花的。

随母亲到香粉店的时期过去了，紧接着是自己也去了。女孩子总是离不开绣花线吧！小学三年级，就有缝纫课了。记得当时男生是在一间工作室里上手工课，耍的不是锯子就是锉子；女生是到后面图书室里上缝纫课，第一次用绣线学"拉锁"，红绣线把一块白布抽得皱皱的，后来我们学做婴儿的蒲包鞋，钉上亮片，滚上细绦子，这些都要到像花汉冲这类的店去买。

花汉冲在女学生的眼里，是嫌老派了些，我们是到绒线胡同的瑞玉兴去买。瑞玉兴是西南城出名的绒线店，三间门面的楼，它的东西摩登些。

我一直是女红的喜爱者，这也许和母亲有关系，她那些书本夹了各色丝线。端午节用丝线缠的粽子，毛线钩的各种鞋帽，使得我浸涵于精巧、色彩，种种缝纫之美里，所以养成了家事中偏爱女红甚于其他的习惯。

在瑞玉兴选择绣线是一种快乐。粗粗的日本绣线最惹人喜爱，不一定要用它，但喜欢买两支带回去。也喜欢选购一些花样儿，用誊写纸描在白府绸上，满心要绣一对枕头给自己用，但是五屉柜的抽屉里，总有半途而废的未完成的杰作。手工的制品，不是一朝一夕可以完成的，从一堆碎布、一卷纠缠不清的绣线里，也可以看出一个女孩子有没有恒心和耐性吧！我就是那种没有恒心和耐性的。每一件女红做出来，总是有缺点，比如毛衣的肩头织肥了，枕头的四角缝斜了，手套一大一小，十字布的格子数错了行，对不上花，抽纱的手绢只完成了三面，等等。

但是瑞玉兴却是个难忘的店铺，想到为了配某种颜色的丝线，伙计耐心地从楼上搬来了许多小竹帘卷的丝线，以供挑选，虽然只花两角钱买一小支，他们也会把客人送到门口，那才是没处找的耐心哪！

换取灯儿的

"换洋取灯儿啊！"

"换榧子儿呀！"

很多年来，就是个熟悉的叫唤声，它不一定是出自某一个人，叫唤声也各有不同，每天清晨在胡同里，可以看见一个穿着褴褛的老妇，背着一个筐子，举步蹒跚。冬天的情景，尤其记得清楚，她头上戴着一顶不合体的、哪儿捡来的毛线帽子，手上戴着露出手指头的手套，寒风吹得她流出了一些清鼻涕。生活看来是很艰苦的。

是的，她们原是不必工作就可以食廪粟的人，今天清室没有了，一切荣华优渥的日子都像梦一样永远永远地去了，留下来的是面对着现实的生活！

像换洋取灯的老妇，可以说还是勇于以自己的劳力换取生活的人，她不必费很大的力气和本钱，只要每天早晨背着一个空筐子以及一些火柴、榾子儿、刨花就够了,然后她沿着小胡同这样地叫唤着。

家里的废物:烂纸、破布条、旧鞋……一切可以扔到垃圾堆里的东西,都归宋妈收起来,所以从"换洋取灯儿的"换来的东西也都归宋妈。

一堆烂纸破布,就是宋妈和换洋取灯儿的老妇争执的焦点,甚至连一盒火柴、十颗榾子的生意都讲不成也说不定呢!

丹凤牌的火柴,红头儿,盒外贴着砂纸,一擦就迸出火星,一盒也就值一个铜子儿。榾子儿是像桂圆核儿一样的一种植物的实,砸碎它,泡在水里,浸出黏液,凝滞如胶,刨花是薄木片,作用和榾子儿一样,都是旧式妇女梳头时用的,等于今天妇女做发后的"喷胶水"。

这是一笔小而又小的生意,换人家里的最破最烂的小东西,来取得自己最低的生活,王孙没落,可以想见。

而归宋妈的那几颗榾子儿呢,她也当宝贝一样,家里的烂纸如果多了,她也就会攒了更多的洋火和榾子儿,洋火让人捎回乡下她的家里。榾子儿装在一只妹妹的洋袜子里(另一只一定是破得不能再缝了,换了榾子儿)。

宋妈是个干净利落的人,她每天早晨起来把头梳得又光又亮,抹上了泡好的刨花或榾子儿,胶住了,做一天事也不会散落下来。

火柴的名字,那古老的城里,很多很多年来,都是被称作"洋取灯儿",好像到了今天,我都没有改过口来。

"换洋取灯儿的"老妇人,大概只有一个命运最好的,很小就听说,四大名旦尚小云的母亲是"换洋取灯儿的"。有一年,尚小云的母亲死了,出殡时沿途许多人围观,我们住在附近,得见这位老妇人的死后哀荣。在舞台上婀娜多姿的尚小云,丧服上是一个连片胡子的脸,街上的人都指点着说,那是一个怎样的孝子,并且说那死者是一个怎样出身的有福的老太太。

在小说里,也读过唯有的一篇描写一个这样女人的恋爱故事,记得是许地山写的《春桃》,希望我没有记错。

看华表

不知为什么,每次经过天安门前的华表时,从来不肯放过它,总要看一看。如果正挤在电车里经过(记得吧,三路和五路都打这里经过),也要从人缝里向车窗外追着看;坐着洋车经过,更要仰起头来,转着脖子,远看,近看,回头看,一直到看不见为止。

假使是在华表前的石板路上(多么平坦、宽大、洁净的石板!)散步,到了华表前,一定会放慢了步子,流连鉴赏。从华表的下面向上望去,便体会到"一柱擎天"的伟观。啊！无云的碧空，衬着雕琢细致、比例匀称的白玉石的华表，正是自然美和人工美的伟大的结合。她的背后衬的是朱红色的天安门的墙，这一幅图，布局的美丽，颜色的鲜明，印在脑中，是不会消失的。

有趣的是，夏天的黄昏，华表下面的石座上，成为纳凉人的最理想的地方。石座光滑洁净，坐上去，想必是凉飕飕的十分舒服。地方高敞，赏鉴过往漂亮的男女（许多是去游附近的中山公园），像在体育场的贵宾席上一样。华表旁，有一排马樱花，它的甜香随着清风扑鼻而来，更是一种享受。

我爱看华表，和它的所在地也很有关系，因为天安门不但是北平（北京）的市中心，而且正是通往东西南城的要衢。往返东西城时，到了天安门就会感觉到离目的地不远了。往南去前门，正好从华表左面不远转向公安街去。庄严美丽的华表站在这里，正像是一座里程碑，它告诉你，无论到什么地方，都不远了。

说它是里程碑，也许不算错，古时的华表，原是木制的，它又名表木，是以表王者纳谏，亦以表识衢路，正是一个有意义的象征啊！

蓝布褂儿

竹布褂儿，黑裙子，北平的女学生。

一位在南方生长的画家，有一年初次到北平，住了几天之后，他说，在上海住了这许多年，画了这许多年，他不喜欢一切蓝颜色的布。但是这次到了北平，竟一下子改变了他的看法，蓝色的布是那么可爱，北平满街骑车的女学生，穿了各种蓝色的制服，是那么可爱！

刚上中学时，最高兴的是换上了中学女生的制服，夏天的竹布裇，是月白色——极浅极浅的蓝，烫得平平整整；下面是一条短齐膝盖头的印度绸的黑裙子，长筒麻纱袜子，配上一双刷得一干二净的篮球鞋。用的不是手提的书包，而是把一摞书用一条捆书带捆起来。短头发，斜分，少的一边撩在耳朵后，多的一边让它半垂在鬓边，快盖住半只眼睛了。三五成群，或骑车或走路。哪条街上有个女子中学，哪条街就显得活泼和快乐，那是女学生的青春气息烘托出来的。

北平女学生冬天穿长棉袍，外面要罩一件蓝布大裇，这回是深蓝色。谁穿新大裇每人要过来打三下，这是规矩。但是那洗得起了白茬儿的旧衣服也很好，因为它们是老伙伴，穿着也合身。记得要上体育课的日子吗？棉袍下面露出半截白色剔绒的长运动裤来，实在是很难看，但是因为人人这么穿，也就不觉得丑了。

阴丹士林布出世以后，女学生更是如狂地喜爱它。阴丹士林本是人造染料的一种名称，原有各种颜色，但是人们嘴里常常说的"阴丹士林色"多是指的青蓝色。它的颜色比其他布更为鲜亮，穿一件阴丹士林大褂，令人觉得特别干净、平整。比深蓝浅些的"毛蓝"色，我最喜欢，夏秋或春夏之交，总是穿这个颜色的。

事实上，蓝布是淳朴的北方服装特色。在北平住的人，不分年龄、性别、职业、阶级，一年四季每人都有几件蓝布服装。爷爷穿着缎面的灰鼠皮袍，外面罩着蓝布大褂；妈妈的绸里绸面的丝绵袍外面，罩的是蓝布大褂；店铺柜台里的掌柜的穿的布棉袍外面，罩的也是蓝布大褂，头上还扣着瓜皮小帽；教授穿的蓝布大褂的大襟上，多插了一支自来水笔，头上是藏青色法国小帽，学术气质！

阴丹士林布做成的衣服，洗几次之后，缝线就变成很明显的白色了，那是阴丹士林布不褪色而线褪色的缘故。这可以证明衣料确是阴丹士林布，但却不知为什么一直没有阴丹士林线，忽然想起守着窗前方桌上缝衣服的大姑娘来了。一次订婚失败而终身未嫁的大姑娘，便以给人缝衣服，靠微薄的收入，养活自己和母亲。我们家姊妹多，到了秋深添置衣服的时候，妈妈总是买来大量的阴丹士林布，宋妈和妈妈两人做不来，总要叫我去把大姑娘找来。到了大姑娘家，大姑娘正守着窗儿缝衣服，她的老妈妈驼着背，咳嗽着，在屋里的小煤球炉上烙饼呢！

大姑娘到了我家里，总要待一下午，妈妈和她商量裁剪，因为孩子们是一年年地长高了。然后她抱着一大包裁好了的衣服回去赶做。

那年离开北平经过上海，住在娴的家里等船。有一天上街买东西，我习惯地穿着蓝布大褂，但是她却教我换一件呢旗袍，因为穿了蓝布大褂上街买东西，会受店员歧视。在"只认衣裳不认人"的洋场，"自取其辱"是没人同情的啊！

排队的小演员

听复兴剧校叶复润的戏，身旁有人告诉我，当年富连成科班里也找不出一个像叶复润这样，小小年纪便有这样成就的小老生。听说叶复润只有十四足岁，但无论是唱功还是做派，都超越了一般"小孩戏剧家"的成绩。但是在那一群孩子里，他却特别显得瘦弱、娇小。固然唱老生的外形要"清癯"才有味道，但是对于一个正在发育期的小孩子，毕竟是不健康的。剧校当局是不是注意到每一个发育期的孩子的健康呢？

这使我不由得想起当年家住在虎坊桥大街上的情景。

虎坊桥大街是南城一条重要的大街，尤其在迁都南京前的北京，它更是通往许多繁荣地区的必经之路。幼年幸运地曾在这条街上住了几年，也是家里最热闹的时期。这条大街上有小学、会馆、理发馆、药铺、棺材铺、印书馆，还有一个造就了无数京剧人才的富连成科班。

富连成在我家对面只再往西几步的一个大门里。每天晚饭前后的时候，他们要到前门外的广和楼去唱戏。坐科的孩子按高矮排队，领头儿的是位最高的大师兄，他是个唱花脸的，头上剃着月亮门儿。夏天，他们都穿着月白竹布大褂儿，老肥老肥的，袖子大概要比手长出半尺多。天冷加上件黑马褂儿，仍然是老肥老肥的，袖子比手长出半尺多！

他们出了大门向东走几步，就该穿过马路，而正好就经过我家门前。看起来，一个个是呆板的、迟钝的、麻木的，谁又想到他们到了台上就能演出那样灵活、美丽、勇武的角色呢！

那时的富连成在广和楼演出，这是一家女性不能进去的戏院，而我那时跟着大人们听戏的区域是城南游艺园，或者开明戏院、第一舞台。很早就对于富连成有印象，实在是看他们每天由我家门前经过的关系。等到后来富连成风靡了北平的男女学生，我也不免想到，在那一队我幼年所见到的可怜的孩子里，不就有李盛藻吗？刘盛莲吗？杨盛春吗？

富连成是以严厉出名的，但是等到以新式学校制度的戏曲学校出现以后，富连成虽仍以旧式教育出名，但是有些地方也不能不改进了。戏曲学校用大汽车接送学生到戏院以后，富连成的排队步行也就不复见了。否则的话，学生戏迷们岂不要每天跟着他们的队伍到戏院去？

而我们那时也搬离开虎坊桥，城南游艺园成了屠宰场，我们听戏的区域也转移到哈尔飞、吉祥,以及长安和新新等戏院了。

陈谷子、烂芝麻

如姐来了电话,她笑说:"怎么,又写北平哪!陈谷子、烂芝麻全掏出来啦!连换洋取灯儿的都写呀!除了我,别人看吗?"

我漫写北平,是因为多么想念她,写一写我对那地方的情感,情感发泄在格子稿纸上,苦思的心情就会好些。它不是写要负责的考据或掌故,因此我敢"大胆地假设"。比如我说花汉冲在煤市街,就有细心的读者给了我"小心的求证",他画了一张地图,红蓝分明地指示给我说,花汉冲是在煤市街隔一条街的珠宝市,并且画了花汉冲的左邻谦祥益布店,右邻九华金店。如姐,谁说没有读者呢?不过读者并不是欣赏我的小文,而是借此也勾起他们的乡思罢了!

很巧的,我向一位老先生请教一些北平的事情时,他回信来说:"早知道这些陈谷子、烂芝麻是有用的话,那咱们多带几本这一类的图书,该是多么好呢?"

原来我所写的,数来数去,全是陈谷子、烂芝麻呀!但是我是多么喜欢这些呢!

陈谷子、烂芝麻,是北平人说话的形容语汇,比如闲话家常，提起早年旧事，最后总不免要说："唉！左不是陈谷子、烂芝麻！"言其陈旧和琐碎。

真正北平味道的谈话，加入一些现成的形容语汇，非常合适和俏皮，这是北平话除了发音正确以外的一个特点，我最喜欢听。想象那形容的巧妙，真是可爱，这种形容语汇，很多是用"歇后语"说出来的，但是像"陈谷子、烂芝麻"便是直接的形容语，不用说歇后语的。

做事故意拖延迟滞，北平人用"蹭棱子"来形容，蹭是摩擦，棱是物之棱角。比如妈妈嘱咐孩子去做一件事，孩子不愿意去，却不明说，只是拖延，妈妈看出来了，就可以责备说："你倒是去不去？别在这儿尽跟我蹭棱子！"

或者做事痛快的某甲对某乙说："要去咱们就痛痛快快儿地去，我可不喜欢蹭棱子！"

听一个说话没有条理的人述说一件事的时候，他反复地说来说去时，便想起这句北平话：

"车轱辘话——来回地说。"

轱辘是车轮。那车轮轧来轧去，地上显出重复的痕迹，一个人说话翻来覆去，不正是那个样子吗？但是它也运用在形容一个人在某甲和某乙间说一件事，口气反复不明，如："您瞧，他跟您那么说，跟我可这么说！反正车轱辘话，来回说吧！"

负债很多的人，北平人喜欢这样形容："我该了一屁股两肋的债呀!"

我每逢听到这样形容时,便想象那人债务缠身的痛苦和他焦急的样子。一屁股两肋,不知会说俏皮话儿的北平人是怎么琢磨出来的,而为什么这样形容时,就会使人想到债务之多呢?

文津街

常自夸说,在北平,我闭着眼都能走回家,其实,手边没有一张北平市区图,有些原来熟悉的街道和胡同,竟也连不起来了。而走过那些街道所引起的情绪,却是不容易忘记的。就说,冬日雪后初晴,路过架在北海和中海的金鳌玉蝀桥吧,看到雪盖满在桥两边的冰面上,一片白,闪着太阳的微微的金光,漪澜堂到五龙亭的冰面上,正有人穿着冰鞋滑过去,飘逸优美的姿态,年轻同伴的朝气和快乐,虽在冬日,这幅雪漫冰面的风景,也不由得引发起我活跃的心情。赶快回家去,取了冰鞋也来滑一会儿!

在北平的市街里,很喜欢傍着旧紫禁城一带的地方,蔚蓝晴朗的天空下,看朱红的墙,因为唯有在这一带才看得见。家住在南长街的几年,出门时无论是要到东、西、南、北城去,都会看见这样朱红的墙。要到东北的方向去,洋车就会经过北长街转向东去,到了文津街了,故宫的后门,对着景山的前门，是一条皇宫的街，总是静静的，没有车马喧哗，引发起的是思古之幽情。

景山俗称煤山，是在神武门外旧宫城的背面，很少人到这里来逛，人们都涌到附近的北海去了。就像在中山公园隔壁的太庙一样，黄昏时，人们都挤进中山公园乘凉，太庙冷清清的；只有几个不嫌寂寞的人，才到太庙的参天古松下品茗，或者静默地观看那几只灰鹤（人们都挤在中山公园里看孔雀开屏了）。

景山也实在没有什么可"逛"的，山有五峰，峰各有亭，站在中峰上，可以看故宫平面图，倒是有趣的，古建筑很整齐庄严，四个角楼，静静地站在暮霭中，皇帝没有了，他的卧室、他的书房、他的一切，凭块儿八毛的门票就可以一览无遗了。

做小学生的时候，高年级的旅行，可以远到西山八大处，低年级的就在城里转，景山是目标之一，很小很小的时候，就年年一次排队到景山去，站在刚上山坡的那棵不算高大的树下，听老师讲解：一个明朝末年的皇帝——思宗，他殉国死在这棵树上。怎么死的？上吊。啊！一个皇帝上吊了！小学生把这件事紧紧地记在心中。后来每逢过文津街，便兴起那思古的幽情，恐怕和幼小心灵中所刻印下来的那几次历史凭吊，很有关系吧！

挤老米

读了朱介凡先生的《晒暖》,说到北方话的"晒老爷儿""挤老米",又使我回了一次冬日北方的童年。

冬天在北方,并不一定是冷得让人就想在屋里烤火炉。天晴,早上的太阳先晒到墙边,再普照大地,不由得就想离开火炉,还是去接受大自然所给予的温暖吧!

通常是墙脚边摆着几个小板凳,坐着弟弟妹妹们,穿着外罩蓝布大褂的棉袍,打着皮包头的毛窝,宋妈在哄他们玩儿。她手里不闲着,不是搓麻绳纳鞋底(想起她那针锥子要扎进鞋底子以前,先在头发里划两下的姿态来了),就是缝骆驼鞍儿的鞋帮子。不知怎么,在北方,妇女有做不完的针线活儿,无分冬夏。

离开了北平,无论到什么地方,都莫辨东西,因为我习惯的是古老方正的北平城,她的方向正确,老爷儿(就是太阳)早上是正正地从每家的西墙照起,玻璃窗四边,还有一圈窗户格,糊的是东昌纸,太阳的光线和暖意都可以透进屋里来。在满窗朝日的方桌前,看着妈妈照镜子梳头,把刨花的胶液用小刷子抿到她的光洁的头发上。小几上的水仙花也被太阳照到了。它就要在年前年后开放的。长方形的水仙花盆里,水中透出雨花台的各色晶莹的彩石来。或者,喜欢摆弄植物的爸爸，他在冬日，用一只清洁的浅瓷盆，铺上一层棉花和水，撒上一些麦粒，每天在阳光照射下，看它渐渐发芽茁长，生出翠绿秀丽的青苗来，也是冬日屋中玩赏的乐趣。

孩子们的生活当然大部分是在学校。小学生很少烤火炉（中学女学生最爱烤火炉），下课休息十分钟都跑到教室外、操场上。男孩子便成群地涌到有太阳照着的墙边去挤老米，他们挤来挤去，嘴里大声喊着：

"挤呀！挤呀！"

"挤老米呀！"

"挤出屎来喂喂你呀！"

这样又粗又脏的话，女孩子是不肯随便乱喊的。

直到上课铃响了，大家才从墙边撤退，他们已经是浑身暖和，不但一点寒意都没有了，摘下来毛线帽子，光头上也许还冒着白色的热气儿呢！

卖冻儿

如果说北平样样我都喜欢，并不尽然。在这冬寒天气，不由得想起了很早便进入我的记忆中的一种人物，因为这种人物并非偶然见到的，而是很久以来就有的，便是北平的一些乞丐。

回忆应当是些美好的事情，乞丐未免令人扫兴，然而他们毕竟是在我生活中所常见到的人物，也因为那些人物，曾给了我某些想法。

记得有一篇西洋小说，描写一个贫苦的小孩子，因为母亲害病不能工作，他便出来乞讨，当他向过路人讲出原委的时候，路人不信，他便带着人到他家里去看看，路人一见果然母病在床，便慷慨解囊了。小孩子的母亲从此便"弄真成假"，天天假病在床，叫小孩子到路上去带人回来"参观"。这是以小孩和病来骗取人类同情心的故事。这种事情什么时候、什么地方都可以发生的，像在台北街头，妇人教小孩缠住路人买奖券，便是类似的作风。这些使我想起北平一种名为"卖冻儿"的乞丐。

寒冬腊月，天气冷得泼水成冰，"卖冻儿"的（都是男乞丐）出世了，蓬着头发，一脸一身的滋泥儿，光着两条腿，在膝盖的地方，捆上一圈戏报子纸。身上也一样，光着脊梁，裹着一层戏报子纸，外面再披上一两块破麻包。然后，缩着脖子，哆里哆嗦的，牙打着战儿，逢人伸出手来乞讨。以寒冷无衣来博取人的同情与施舍。然而在记忆中，我从小便害怕看那样子，不但不能引起我的同情，反而是憎恶。这种乞丐便名为"卖冻儿"。

最讨厌的是宋妈，我如果爱美不肯多穿衣服，她便要讽刺我：

"你这是干吗？卖冻儿呀？还不穿衣服去！"

"卖冻儿"由于一种乞丐的类型，而成了一句北平通用的俏皮话儿了。

卖冻儿的身上裹的戏报子纸，都是从公共广告牌上揭下来的，各戏园子的戏报子，通常都是用白纸红绿墨写成的，每天贴上一张，过些日子，也相当厚了，揭下来，裹在腿上身上，据说也有保温作用。

至于拿着一把破布掸子在人身上乱掸一阵的乞妇，名"掸孙儿"；以砖击胸行乞的，名为"擂砖"，这等等类型的乞丐，我记忆虽清晰，可也是属于陈谷子、烂芝麻，说多了未免令人扫兴，还是不去回忆他们吧！

台上、台下

礼拜六的下午，我常常被大人带到城南游艺园去。门票只要两毛（我是挤在大人的腋下进去的，不要票）。进去就可以有无数的玩处，唱京戏的大戏场，当然是最主要的，可是那里的文明戏，也一样地使我发生兴趣，小鸣钟、张笑影的《锯碗丁》《春阿氏》，都是我喜爱看的戏。

文明戏场的对面，仿佛就是魔术场，看着穿燕尾服的变戏法儿的，随着音乐的旋律走着一颠一跳前进后退的特殊台步，一面从空空的大礼帽中掏出那么多的东西：花手绢、万国旗、面包、活兔子、金鱼缸,这时乐声大奏,掌声四起,在我小小心灵中,只感到无限的愉悦,觉得世界真可爱,无中生有的东西这么多!

我从小就是一个喜欢找新鲜刺激的孩子,喜欢在平凡的事物中给自己找一些思想的娱乐,所以,在那样大的一个城南游艺园里,不光是听听戏,社会众生相,也都可以在这天地里看到:美丽、享受、欺骗、势利、罪恶……但是在一个无忧无虑的小女孩的观感中,她又能体会到什么呢?

有些事物,在我的记忆中,是清晰得如在目前一样,在大戏场的木板屏风后面的角落里,茶房正从一大盆滚烫的开水里,拧起一大把毛巾,送到客座上来。当戏台上是不重要的过场时,茶房便要表演"扔手巾把儿"的绝技了,楼下的茶房,站在观众群中惹人注目的地位,把一大捆热手巾,忽一下子,扔给楼上的茶房,或者是由后座扔到前座去,客人擦过脸收集了再扔下来,扔回去。这样扔来扔去,万无一失,也能博得满堂喝彩,观众中会冒出一嗓子:"好手巾把儿!"

但是观众与茶房之间的纠纷,恐怕每天每场都不可免,而且也真乱哄。当那个女茶房硬把果碟摆上来,而我们硬不要的时候,真是一场无味的争执。茶房看见客人带了小孩子,更不肯把果碟拿走了。可不是,我轻轻地,偷偷地,把一颗糖花生放进嘴吃,再来一颗,再来一颗,再来一颗,等到大人发现时，去了大半碟儿了，这时不买也得买了。

茶，在这种场合里也很要紧。要了一壶茶的大老爷，可神气了，总得发发威风，茶壶盖儿敲得呱呱山响，为的是茶房来迟了，大爷没热茶喝，回头怎么捧角儿喊好呢！包厢里的老爷们发起脾气来更有劲儿，他们把茶壶扔飞出去，茶房还得过来赔不是。那时的社会，卑贱与尊贵，是强烈地对比着。

在那样的环境里：台上锣鼓喧天，上场门和下场门都站满了不相干的人，饮场的，检场的，打煤气灯的，换广告的，在演员中穿来穿去。台下则是烟雾弥漫，扔手巾把儿的，要茶钱的，卖玉兰花的，飞茶壶的，怪声叫好的，呼儿唤女的，乱成一片。我却在这乱哄哄的场面下，悠然自得。我觉得在我的周围，是这么热闹，这么自由自在。

一张地图

瑞君、亦穆夫妇老远地跑来了，一进门瑞君就快乐而兴奋地说：

"猜，给你带什么来了？"

一边说着，她打开了手提包。

我无从猜起，她已经把一叠纸拿出来了。

"喏！"她递给了我。

打开来，啊！一张崭新的北平全图！

"希望你看了图，能把文津街、景山前街连起来，把东西南北方向也弄清楚。"

"已经有细心的读者告诉我了，"我惭愧（但这个惭愧是快乐的）地说，"并且使我在回忆中去了一次北平图书馆和北海前面的团城。"

在灯下，我们几个头便挤在这张地图上，指着，说着。熟悉的地方，无边的回忆。

"喏，"瑞妹说，"曾在黄化门住很多年，北城的地理我才熟。"

于是她说起黄化门离帘子库很近，她每天上学坐洋车，都是坐停在帘子库的老尹的洋车。老尹当初是前清帘子库的总管，现在可在帘子库门口拉洋车。她们坐他的车，总喜欢问他哪一个门是当初的帘子库，皇宫里每年要用多少帘子，怎么个收藏法。他也得意地说给她们听，温习着他那些一去不回的老日子。

在北平，残留下来的这样的人物和故事，不知有多少。我也想起在我曾工作过的大学里的一个人物。校园后的花房里，住着一个"花儿把式"（新名词：园丁。说俗点儿：花儿匠），他镇日与花为伍，花是他的生命。据说他原是清皇室的一位公子哥儿，生平就爱养花，不想民国后，面对现实生活，他落魄得没办法，最后在大学里找到一个园丁的工作，总算是花儿给了他求生的路子，虽说惨，却也有些诗意。

整个晚上，我们凭着一张地图都在说北平。客人走后，家人睡了，我又独自展开了地图，细细地看着每条街、每条胡同，回忆是无法记出详细年月的，常常会由一条小胡同、一个不相干的感触，把思路牵回到自己的童年，想起我的住室、我的小床、我的玩具和伴侣……一环跟着一环，故事既无关系，年月也不衔接，思想就是这么个奇妙的东西。

第二天晏起了，原来就容易发疼的眼睛，因为看太久那细小的地图上的字，就更疼了！

虎坊桥

　　常常想起虎坊大街上的那个老乞丐,也常想总有一天把他写进我的小说里。他很脏,很胖。脏,是当然的,可是胖子做了乞丐,却是在他以前和以后,我都没有见过的事。觉得和他的身份很不衬,所以才有了不可磨灭的印象吧!常在冬天的早上看见他,穿着空心大棉袄坐在我家的门前,晒着早晨的太阳在拿虱子。他的唾沫比我们多一样用处,就是食指放在舌头上舔一舔,沾了唾沫然后再去沾身上的虱子,把虱子夹在两个大拇指的指甲盖儿上挤一下。嗒的一声,虱子被挤破了。然后再沾唾沫,再拿虱子。听说虱子都长了尾巴了,好不恶心!

他的身旁放着一个没有盖子的砂锅,盛着乞讨来的残羹冷饭。不,饭是放在另一个地方,他还有一个黑脏油亮的帆布口袋,干的东西像饭、馒头、饺子皮什么的,都装进口袋里。他抱着一砂锅的剩汤水,仰起头来连扒带喝的,就全吃下了肚。我每次看见他在吃东西,就往家里跑,我实在想呕吐了。

对了,他还有一个口袋。那里面装的是什么?是白花花的大洋钱!他拿好了虱子,吃饱了剩饭,抱着砂锅要走了,一站起身来,破棉裤腰里系着的这个口袋,往下一坠,洋钱在里面打滚儿的声音叮当响。我好奇怪,拉着宋妈的衣襟,指着那发响的口袋问:

"宋妈,他还有好多洋钱,哪儿来的?"

"哼,你以为是偷来的、抢来的吗?人家自个儿攒的。"

"自个儿攒的?你说过,要饭的人当初都是有钱的多,好吃懒做才把家当花光了,只好要饭吃。"

"是呀!可是要了饭就知道学好了,知道攒钱啦!"宋妈摆出凡事皆懂的样子回答我。

"既然是学好,为什么他不肯洗脸洗澡,拿大洋钱去做套新棉袄穿哪?"

宋妈没回答我,我还要问:

"他也还是不肯做事呀?"

"你没听说吗?要了三年饭,给皇上都不当。"

他虽然不肯做皇上，我想起来了，他倒也在那出大殡的行列里打执事赚钱呢！烂棉袄上面套着白丧褂子，从丧家走到墓地，不知道有多少里路，他又胖又老，还举着旗呀伞呀的。而且，最要紧的是他腰里还挂着一袋子洋钱哪！这一身披挂，走那么远的路，是多么的吃力呢！这就是他荡光了家产又从头学好的缘故吗？我不懂，便要发问，大人们好像也不能答复得使我满意，我就要在心里琢磨了。

家住在虎坊桥，这是一条多姿多彩的大街，每天从早到晚所看见的事事物物，使我常常琢磨的人物和事情可太多了。我的心灵，在那小小的年纪里，便充满了对人世间现实生活的怀疑、同情、不平、感慨、兴趣……种种的情绪。

如果说我后来在写作上有怎样的方向，说不定是幼年在虎坊桥居住的几年，给了我最初的对现实人生的观察和体验吧！

没有一条街包含了人生世相这么多方面。在我幼年居住在虎坊桥的几年中，正值北伐前后的年代。有一天下午，照例的，我们姊妹洗了澡换了干净的衣服，便跟着宋妈在大门口看热闹了。这时来了两个日本人，一个人拿着照相匣子，另一个拿着两面小旗，是青天白日旗。红黄蓝白黑五色旗刚刚成了过去。小日本儿会说日本式中国话，拿旗子的走过来笑眯眯地对我说：

"小妹妹的照相的好不好？"

我不知道这是怎么一回事，和妹妹直向后退缩。

他又说："没有关系，照了相的我要大大的送给你的。"然后他看着我家的门牌号数，嘴里念念有词。

我看看宋妈，宋妈说话了：

"您这二位先生是——？"

"噢，我们的是日本的报馆的，没有关系，我们大大的照了相。"

大概看那两个人没有恶意的样子，宋妈便对我和妹妹说："要给你们照就照吧！"

于是我和妹妹每人手上举着一面青天白日旗，站在门前照了一张相，当时也不知道究竟是为什么要这样照。等到爸爸回家时告诉了他，他不但没有生气，反而玩笑着说：

"不好喽，让人照了相寄到日本去，不定是做什么用哪，怎么办？"

爸爸虽然玩笑着说，我的心里却是很害怕，担忧着。直到有一天，爸爸拿回来一本画报，里面全是日本字，翻开来有一页里面，我和妹妹举着旗了的照片，赫然在焉！爸爸讲给我们听，那上面说，中国街头的儿童都举着他们的新旗子。这是一本日本人印行的记我国北伐成功经过的画册。

对于北伐这件事，小小年纪的我，本是什么也不懂的，但是就因为住在虎坊桥这个地方，竟也无意中在脑子里印下了时代不同的感觉。北伐成功的前夕，好像曾有那么一阵紧张的日子，黄昏的虎坊桥大街上，忽然骚动起来了，听说在逮学生，而好客的爸爸，也常把家里多余的房子借给年轻的学生住，像"德先叔叔"（《城南旧事》小说里的人物）什么的，一定和那个将要迎接来的新时代有什么关系。他为了风声的关系，便在我家有了时隐时现的情形。

虎坊桥在北洋政府时代，是一条通往最繁华区的街道，到前门，到城南游艺园，到八大胡同，到天桥……都要经过这里。因此，很晚很晚，这里也还是不断车马行人。早上它也热闹，尤其到了要"出红差"的日子，老早，街上就涌来各处来看"热闹"的人。"出红差"就是要把犯人押到天桥那一带去枪毙。枪毙人怎么能叫作看热闹呢？但是那时人们确是把这件事当作"热闹"来看的。他们跟在载犯人的车后面，和车上的犯人互相呼应地叫喊着，不像是要去送死囚，却像是一群朋友欢送的行列。他们没有悲悯这个将死的壮汉，反而是犯人喊一声："过了十八年又是一条好汉！"群众就跟着喊一声："好！"就像是舞台上的演员唱一句，下面喊一声"好"一样。每逢早上街上涌来了人群，我们就知道有什么事了，好奇的心理也鼓动着我，躲在门洞的石礅上张望着。碰到这时候，母亲要极力不使我们去看这种"热闹"，但是一年到头常常有，无论如何，我是看过不少了，心里也存下了许多对人与人间的疑问：为什么临死的人了，还能喊那些话？为什么大家要给他喊好？人群中有他的亲友吗？他们也喊好吗？

同样的情形，还有大的出丧。这里也几乎是必经的街道，因为有钱有势的人家死了人要出大殡，是所谓"死后哀荣"吧，所以必须选择一些大街来绕行，做一次最后的煊赫！沿街的商店有的在马路沿摆上了祭桌，披麻戴孝的孝子步行到这里，叩个头道个谢，便使这家商店感到无上的光荣似的。而看出大殡的群众，并无哀悼的意思，也是抱着看热闹的心情，流露出对死后有这样哀荣的无限羡慕的意思。而在那长长数里的行列中，有时会看见那胖子老乞丐。他默默地走着，面部没有表情，他的心中有没有在想些什么？如果他在年轻时不荡尽了那些家产，他死后何尝不可以有这份哀荣，他会不会这么想？

欺骗的玩意儿，我也在这条街上看到了。穿着蓝布大褂的那个瘦高个子，是卖假当票的。因为常常停留在我家的门前，便和宋妈很熟，并不避讳他是干什么的。宋妈真奇怪，眼看着他在欺骗那些乡下人，她也不当回事，好像是在看一场游戏似的。当有一天我知道他是怎么回事时，便忍不住了，我绷着脸瞪着眼，手叉着腰，气势汹汹地站在门口。卖假当票的竟说：

"大小姐，我们讲生意的时候，您可别说什么呀！"

"不可以！"我气到极点，发出了不平之鸣，"欺骗人是不可以的!"

我的不平的性格,好像一直到今天都还一样地存在着。其实,对所谓是非的看法,从前和现在,我也不尽相同。总之是人世相看多了,总不会不无所感。

也有最美丽的事情在虎坊桥,那便是春天的花事。常常我放学回来了,爸爸在买花,整担的花挑到院子里来,爸爸在和卖花的讲价钱,爸爸原来只是要买一盆麦冬草或文竹什么的,结果一担子花都留下了。卖花的拿了钱并不掉头走,他会留下来帮着爸爸往花池或花盆里种植,也一面和爸爸谈着花的故事。我受了勤勉的爸爸的影响,也帮着搬盆、移土和浇水。

我早晨起来,喜欢看墙根下紫色的喇叭花展开了她的容颜,还有一排向日葵跟着日头转,黄昏的花池里,玉簪花清幽地排在那里,等着你去摘取。

虎坊桥的童年生活是丰富的,大黑门里的这个小女孩是喜欢思索的,许是这些,无形中引导了她走上以写作为快乐的路吧!

天桥上当记

天桥并不是女人所该常去的地方，因此，以女人的笔来写天桥，既不能深入那地方的每一个角落，又怎能写出那地方的精神所在、那里的江湖、那里的艺术？

可是我写了。

我去看到的，实在并没有我听到的更多。很多年前，有位记者曾在北平的报上写过《天桥百景》，光是"大桥八怪"，他就写了八篇之多，百景写完了没有，不记得了，但是他真是个天桥通，写作的气魄，也令人钦佩。

父亲喜欢逛天桥，他从那里的估衣摊上买来了蓝缎子团花面的灰鼠脊子短皮袄，冬天在家里穿着它。有人说，估衣都是死人的衣服，我听了觉得很别扭，因此我并不喜欢爸爸的这件漂亮衣服。母亲也偶然带着宋妈和我逛天桥。她大老远地到天桥去买旧德国式洋炉子，以及到处都买得到的煤铲子和烟囱，等等，载了满满两洋车回来。临上车的时候，还得让"掸孙儿"的老乞妇给穷掸一阵子。她掸了车厢掸车座，再朝妈妈和我的衣服上乱掸一阵，耍贫嘴说："大奶奶，大姑儿，您慢点儿上车。……嘿我说，你可拉稳着点儿，到家多给你添两钱儿，大奶奶也不在乎。……大奶奶，您坐好了，搂着点儿大姑儿。大奶奶您行好。……嘿，孙哉！先别抄车把，大奶奶要赏我钱哪！"

我看到妈妈终于被迫打开了她那十字布绣花的手提袋，掏出一个铜子儿来。

我长大以后，更难得去逛天桥了，我们年青一代的生活日用品，是取诸东安市场和西单商场，因此记忆中有一次逛天桥，便不容易忘记了。

是个冬天的下午，我和三妹在炉边烤火，不知怎么谈起天桥来了，我们竟兴致勃勃地要去天桥逛逛，她想看看有没有旧俄国车毯子卖，我没有目的。但是妈妈说，天桥的东西，会买的便非常便宜，不会买的，买打了眼，可就要上当了。我和三妹一致认为母亲是过虑的，我们又不是三岁孩子，我们更不会认不出俄国毯子以及别的东西的真假。

"还价呢？会吗？"母亲问。

"笑话！漫天要价，就地还钱，我们也懂呀！"三妹说。

"还了价拿腿就走，不是妈妈您这'还价大王'的诀窍儿吗？"我说。

母亲的劝告，并没有使我们十分在意，我和三妹终于高高兴兴地来到了天桥。

逛天桥，似乎也应当有个向导，因为有些地方，女性是不便闯进去的，比如你以为那块场地在说相声，谁不可以听呢？但是据说专有撒村的相声，他们是不欢迎女听众的，北平人很尊重女性，在"堂客"的面前，他们是绝不会撒村的。听说有过这么一回事，两位女听众到她们不该听的场地来了，说相声的见有女客来，既不便撒村，又不便说明原委赶走她们，只好左一个，右一个，尽讲的是普通相声，女听众听得有趣，并不打算起身，最后，看座儿的实在急了，才不得已向两位女听众说：

"对面棚子里有大妞儿唱大鼓，您二位不听听去？"

两位女听众，这时大概已有所悟，才红着脸走了。

我和三妹还不至于那么傻，何况我们的目的是买点儿什么，像那江湖卖药练把式摔跤的，我们怕误入禁地，连张望也不张望呢！

卖估衣的，或卖零头儿布的，都是各以其类聚集在一处。那里很有些可买的东西，皮袄、绣袍、补褂，很多都是清室各府里的落魄王孙以三文不值两文卖出去的。卖估衣的吆唤方式很有趣，他先漫天要价，没人搭茬儿，再一次次地自己落价。当我们逛到一个布摊子面前时，那卖布的方式，把我们吸住了。那个布摊子，有三四个人在做生意，一个蹲在地上抖搂那些布，两个站在那里吆唤，不是光吆唤，而是带表演的。当一块布从地摊上拿起来时，那个站着的大汉子接过来了，他一面把布打开，一面向蹲着的说："这块有几尺？"

"十二尺半。"

"多少钱？"

"十五块。"

于是大汉子把那号称十二尺半的绒布双叠拉开，两条胳膊用力地向左右伸出去，简直要弯到背后了，他拿腔拿调带着韵律地喊着说：

"瞧咧这块布，十二尺半，你就买了回去，绒裤褂，一身儿是足足的有富余！"

然后他再把布绷得砰砰响，说：

"听听！多细密，多结实，这块布。"

"少算点儿行不行呀？"这是另一个他们自己人在装顾客发问。

"少多少？你说！"自己人问自己人。

"十二块。"

"十二块，好。"他又拉开了这块布，仍然是撑呀撑呀，两条胳膊都弯到背后去了。"十二块，十二尺，瞧瞧便宜不便宜！"

有没有十二尺？我想有的。我心里打量着，一个大男人，两条胳膊平张开，无论如何是有六尺的，双层布，不就是十二尺了吗？何况他还极力地弯呀弯呀，都快弯到一圈儿了，当然有十二尺。

三妹也看愣了，听傻了，因为江湖的话，是干脆之中带着义气，听了非常入耳，更何况他表演的十二尺，是那样的有力量，有信用，有长度呢！

"你看这块布值不值？"三妹悄悄问我。

我还没答话呢，那大汉子又自动落价了：

"好！"他大喊了一声，"再便宜点儿，今儿过阴天儿，逛的人少，还没开张呢！我们哥儿仨，赔本儿也得赚吆唤嘛！够咱们喝四两烧刀子就卖呀！这一回，十块就卖，九块五，九块三，九块二咧，九块钱！我再找给您两毛五！"

大汉子嗓子都快喊劈了，我暗暗地算，十二尺，我正想买一块做呢大衣的衬绒，这块岂不是刚够？布店里这种绒布要一块多钱一尺呢，这十二尺才九块，不，八块七毛五，确是便宜。

这时围着看热闹的人更多了，我也悄声问三妹：

"你说我做大衣的衬绒够不够？"

三妹点点头。

"那——"我犹疑着,"再还还价。"我本已经觉得够便宜了,但总想到这是天桥的买卖,不还价,不够行家似的。

"拿我看看。"我终于开口了,围观的人都张脸看着我们姊儿俩。

我拿过来看了看,的确是细白绒布。

"够十二尺吗?"

摊子上没有尺,真奇怪,布是按块儿卖,难道有多长,就凭他的两条胳膊量吗?我一问,他又把布大大地撑开来,两条胳膊又弯到背后去了。

"十二尺半,您回去量。"

"给你七块五。"

我说完拉着三妹就走,这是跟"还价大王"妈妈学的。其实在我还另有一种意思,就是感觉到已经够便宜了,还要还得那么少,实在不忍心,又怕人家要损两句,多难为情,所以赶快借此走掉,以为准不会卖的,谁知走没两步,卖布的在叫了:

"您回来,您回来。"

我明白他有卖的意思了,不免壮起胆来,回头立定便说:

"七块五,你卖不卖吧?"

"您请回来!"

"你卖不卖吗?"

"我卖，您也得回来买呀！"

他说得对，我和三妹又回到布摊前面来。谁知等我回来了，他才说：

"您再加点儿。"

我刚想再走，三妹竟急不可待地说：

"给你八块五好了！"一下子就加了一块钱。

"您再加点儿，您再加一丁点儿我就卖，这还不行吗？"

"好了，好了，八块六要卖就卖，不卖拉倒！"

"卖啦，您拿去！"

比原来的八块七毛五，不过便宜了一毛五，我们到底还是不会还价，但是，想一想，可比外面布店买便宜多了，便宜了几乎有一半。不错！不错！我想三妹也跟我一样地满意，因为她向我笑了笑，可能很得意她会还价。

我们不打算再买什么，逛什么了，天也不早，我们姊儿俩便高高兴兴地回家来。见着妈妈就告诉她，我们虽然没买什么，但是买了一块便宜布来。

"我看看。"妈妈说着就拆开了纸包。"逛了半天天桥，你们俩大概还是洋车来回，就买了一块布头儿！几尺呀？八尺？"妈妈把布抖搂开了。

"八尺？"我和三妹大叫着，"是十二尺哪！"

"十二尺？"这回是妈大叫了，"我不信，去拿尺来，绝没有十二尺！绝没有十二尺！"她连声加重语气，妈妈真是的，总要扫我们的兴。

尺拿来了，妈妈一尺一尺地量着，最后哈哈大笑起来："我说怎么样？八尺，一尺也不多，八尺就是八尺！"

我和三妹都愣住了。但是三妹还强争说：

"您这是什么尺呀！"

"我是'飘准'尺！"妈妈一急，夹生的北京话也出来了。

"什么标准尺——"三妹没话可讲了，但是她挣扎着说，"那也没什么吃亏的，可便宜哪！才八块六买的，布铺里买也要一块多一尺哪！"

"我的小姐，说什么也是上当啦！"妈把布比在我们的鼻子前，指点着说，"一块多，那是双面的细绒布，这是单面的，看见没有！这只要七八毛一尺。"

真是令人懊丧极了！还有什么可说的呢！我和三妹相视苦笑。停了一下，她想起什么似的，说：

"我觉得那个卖布的，他的两条胳膊，不是明明——"三妹也把自己的两手伸平打量着，"难道这样没有六尺？那么大的大男人，难道只有四尺？真奇怪。不过，他真有意思，两臂用力弯到背后去，仿佛是体育家优美的姿势。"

"他的话，也有一种催眠的力量，吸引着人人驻足而观，其实围观的人，并不是各个要买布的——"我还没说完，妈妈嘴快打岔说：

"哪像你们姊儿俩!"

"——而是要欣赏他们的艺术,使我们的听觉和视觉都得到感官的快乐,谁愿意看见便宜不占呢?谁不愿意听顺耳的话呢?天桥能使你得到。"

"吃了一回亏,学一回乖,"妈妈说,"你们上了当还直夸。"

"这就是天桥的艺术和精神了,你吃了亏,并不厌恶它。"

"所以说,逛天桥,逛天桥嘛!到天桥去要慢慢地逛,仔细地欣赏,却不必急于买东西,才是乐事。"

八尺的绒,并不够做大衣的衬里,但做一件旗袍的里是足够了。我做好穿了它,价钱虽然贵了些,但它使我认识了一些东西,虽然上当,总还是值得的。

文华阁剪发记

文华阁有一个小徒弟,他管给客人打扇子。客人多了,他就拉屋中间那块大布帘子当风扇。他一蹲,把绳子往下一拉,布帘子给东边的一排客人扇一下;他再一蹲,一拉,布帘子又给西边的客人扇一下。夏天的晌午,天气闷热,小徒弟打盹儿了,布帘子一动也不动,老师傅给小徒弟的秃瓢儿上,一脑勺子,"叭!"好结实的一响,把客人都招笑了。这是爸爸告诉我的,爸爸一个月要去两次文华阁,他在那里剃头、刮脸、掏耳朵。

现在我站在文华阁门口了。五色珠子串成的门帘,上面有"文华"两个字,我早会念了,我在三年级。今天我们小

学的韩主任,把全校女生召集到风雨操场,听他训话。他在台上大声地说:

"古人说,身体发肤受之父母,不可毁伤,各位女同学,你们的头发,也是从父母的身体得来,最好不要剪,不要剪……"

我不懂韩主任的话,但是我们班上已经有两个女生把辫子剪去了,她们臭美得连人都不爱理了,好像她们是天下第一时髦的人。现在可好了,韩主任说不许剪,看怎么办!大家都回过头看她们。可是,剪了辫子到底是什么样子呢?如果我也剪了呢?

韩老师正向我们微微笑。她站在风雨操场的窗子外,太阳光照在她的蓬松的头发上,韩老师没有剪发,她梳的是面包头,她是韩主任的女儿,教我们跳舞。韩主任一定也不许他的女儿剪发,我喜欢韩老师,所以我也不能剪。

但是我的辫子这样短,这样黄,它垂在我的背后,宋妈说,就像在土地庙买的那条小黄狗的尾巴,所以她很不爱给我梳。早晨起床,我和妹妹打架,为了抢着要宋妈第一个给梳辫了。宋妈说:"真想赌气连你们的两条狗尾巴剪了去,我省事,也省得你们姊儿俩睁开眼就打架!"

我站在文华阁的玻璃窗前向里看,布帘子风扇不扇了,小徒弟在给一位客人递热毛巾,他把那热毛巾敷在客人脸上,一按一按的,毛巾上冒着热气,我仔细一看,那客人原来是爸爸！他常常刮了胡子就要这么做的，我知道，热毛巾拿开，就可以看见爸的嘴上是又红又亮的，但是我要赶快赶回家去了，不要让爸爸看见我。他常对我说："放学回家走在路上，眼睛照直地向前看，向前走，别东张西望，别回头，别用手去摸电线杆子，别在卖吃的摊子前面停下来，别……"可是照着爸爸的话做真不容易，街上可看的东西太多了，我要看墙上贴的海报：今天晚上开明戏院是什么戏？我要看跪在道边要饭的乞丐，铁罐里人家给扔了多少钱。我要看卖假人参的，怎么骗那乡下佬。我要看卖落花生的摊子，有没有我爱吃的半空儿。我要看电线杆子，上面贴着那张"天皇皇地皇皇我家有个爱哭郎"的红纸条。

我今天更要看看街上的女人，有几个剪了头发的！

我躲开文华阁，朝前走几步，再停下来站在马路沿上，眼前这个和我一般大的小姑娘，她扎着红辫根，打着刘海儿，并没有剪发。马路边上走过一个老太婆，她的髻儿上扣着一个壳儿，插着银耳挖子，上面有几张薄荷叶，她能不能剪发呢？又过去一个大女学生，她穿着黑裙子，琵琶襟的竹布褂，头上梳的是蓬蓬的横"S"头，她还有多久才剪发？

我看来看去，街上没有走过一个剪发的。

回到家里来，宋妈一迎面就数叨我：

"看你的辫子，早晨梳得紧扎的，这会儿呢，散得快成了哪吒啦！"

宋妈总是这么嫌恶我的辫子，有本事就给我剪了呀！敢不敢？要是真给我剪，我就不怕！不怕同学笑我，不怕出门让人看见，不怕早上梳不上辫子。可是我就是不剪！妈剪我就剪。爸爸叫我剪我就剪。韩老师剪我也剪。宋妈叫我剪，不算！

宋妈要是剪了发，会成什么样儿？真好笑！宋妈的髻儿上插着一根穿着线的针，她不能剪，她要剪了头发，那根针往哪儿插哪？真好笑！

"笑什么？"宋妈纳闷儿地看着我。

"管哪！笑你的破髻儿，笑你要是剪了发成什么样儿！你不会像哪吒，一定是像一只秃尾巴鹌鹑！"

走进房里，妈妈一边喂瘦鸡妹妹吃奶，一边在穿茉莉花。小小白白的茉莉花还没有开，包在一张叶子里，打开来，清香清香的。妈妈把它们一朵朵穿在做好的细铁丝上，她说：

"英子，我一枝，你两枝。"

"为什么？"

"忘了吗？今天谁要结婚？"

"张家的三姨呀！"

"是嘛！带你去见见世面。"

"三姨在女高师念书。"

"是呀！会有好多漂亮的女学生，你不是就喜欢比你大的姊姊们吗?"

"噢。"我想了想,不由得问,"为什么我要两枝茉莉花?"

"也是给你打扮打扮呀!下午叫宋妈给你梳两个抓髻,插上两排茉莉花,才好看。"妈妈说完看着我的脸,我的头发。她一定在想,怎么把哪吒打扮成何仙姑呢?

可是我想起那些漂亮的大女学生来了,便问妈妈:

"妈,那些女学生剪了头发没有?"

"剪没剪,我怎么知道!"

"张家的三姨呢?她梳什么头?"

"她今天是新式结婚,什么打扮,我可也不知道。可是三姨是时髦的人,是不是?说不定剪了头发呢!"妈妈点点头,好像忽然明白了的样子。

"妈,您说三姨要是剪了发,是什么样子呢?"

妈妈笑了:"我可想不出。"她又笑了,"真的,三姨要是剪了发,是什么样子呢?"

"妈,"我忍不住了,"我要是剪了头发什么样子?"我站直了,脸正对妈妈,给她看。我不知道我为什么这么忍不住,说出这样的话。

妈"嗯?"了一声,奇怪地看着我。

"妈,"我的心里好像有一堆什么东西在跳,非要我跳出这句话,"妈,我们班上已经有好多人剪了辫子了。"

"有多少?"妈问我。

其实,只有两个,但是我却说:"有好几个。"

"几个?"妈逼着问我。

"嗯——有五六个人都想去剪了。"我说的到底是什么话,太不清楚,但是妈妈没注意,她说:

"你也想剪,是不是?"

我用手拢拢我的头发。我想剪吗?我说不出我是不是想剪,可是我在想着文华阁的小徒弟扇布帘子的样子,我笑了。

妈妈也笑了,她说:

"想剪了,是不是?我说对了。"

"不,"真的,我笑的是那小徒弟呀,可是,妈妈既然说了我剪头发的事,那么,我就说,"是您答应叫我剪,是不是?"

"瞎说,我什么时候答应你的。"

"刚才。"

宋妈进来了,我赶忙又说:

"宋妈,妈妈要让我剪头发。"

"这孩子!"妈妈说话没有我快,我抢了先,妈妈简直就没办法了。

"你爸爸答应了吗?"宋妈总是比我还要厉害。

"那——"我摇着身子,不知该怎么说。

真的，爸爸最没准儿，他有时候说，他去过日本，最开通，他有时候又说，中国老规矩怎么样怎么样的。他赞成不赞成剪头发呢？他觉得我如果剪去辫子是开通呢，还是没规矩了呢？

宋妈看我在发愣吧，她"哼"地冷笑了一声说："只要打通了你爸爸那一关。"

"可是你也说不愿意给我梳辫子，要剪去我的头发来着。"

"喝！你倒赖上了，你想要时髦，就赖是俺们要你剪的，你多机灵呀！"

我本来并没有想剪辫子，韩主任也不让我们剪，韩老师也还没有剪，可是，这会子我的心气儿全在剪头发上了，我恨不得马上到文华阁去，坐在那高椅子上，"嘎噔"一下子，就把我的辫子剪下来。然后，我穿了新衣服、新鞋子，去看张家三姨结婚，让那么多人都看见我已经剪了辫子啦！

"你说给她剪了好不好？"妈竟跟宋妈要起主意来了。

"剪了倒是省事，我在街上也看见几个女学生剪了的。可就是——"宋妈冲着我，"赶明儿谁娶你这秃尾巴鹌鹑呀！"

"讨厌，我才不嫁人！"

"只要打通了你爸爸那一关，我还是这句话。"宋妈又提起爸爸。

"妈,"我腻着妈妈,"你跟爸爸说。"

"我不敢。"妈妈笑了。

"宋妈,你呢?"我简直要求她们了,我要剪头发的心气儿是这么高,简直恨不能一时剪掉了。

"你妈都不敢,我敢?谁敢跟你们家的阎王爷说话。"

"我自己去!"我发了狠,我就是我们家的阎王爷!

妈妈拗不过我,终于答应了,妈说,就趁着爸爸不在家去剪吧,剪了再说。

爸爸这时早已离开文华阁去上班了,我知道的。妈妈带着我,宋妈抱着瘦鸡妹妹,领着弟弟,我们一大堆人,来到了文华阁。

文华阁的大师傅看见来了一群女人和小孩,以为是给弟弟剃头,他说:

"小少爷,你爸爸刚刮了脸上衙门啦!来,坐这个高凳儿上剃。"

"不是,是这个,我的大女儿要剪发。"

"哦?"大师傅愣了一下,小徒弟也停住了打扇子,别的二师傅、三师傅也都围过来了,只有一个客人在理发,他也回过头来。

"没人在你们这儿剪过吗?我是说女客。"妈问大师傅。

"有有有。"大师傅大概怕生意跑了,但是他又说,"前儿个有个女学生剪辫子,咱们可没敢下剪子,是让她回家把辫子剪了,咱们再给理的发。"

"嗷,"妈妈又问,"那就是得我们自己把辫子剪下来?"

"那倒也不是这么说,那个女学生自己来的,这年头儿,维新的事儿,咱们担不了那么大沉重。您跟着来,还有什么错儿吗?"

"那个女学生,剪的是什么样式?"妈妈再问。

"我给她理的是上海最时兴的半剖儿。"大师傅足这么一吹。

"半剖儿?什么叫半剖儿?"还是妈妈的问题,真啰唆。

"那,"大师傅拿剪刀比画着,"前头儿随意打刘海儿、朝后拢都可以,后头,就这么,拿推子往上推,再打个圆角,后脖上的短毛都理得齐齐的。啧!"他得意地自己啧啧起来了。

"那好吧,你就给我的女儿也剪个半怕丫吧。"

妈妈的北京话,真是!

我坐上了高架椅,他们把我的辫子散开来了,我从镜子里看见小徒弟正瞪着我,他顾不得拉布帘子了。我好热,心也跳。

白围巾围上了我的脖子,辫子的影子在镜子里晃,剪子的声音在我耳边响,我有点害怕,大师傅说话了:

"大小姐,可要剪啦!"

我伸手一把抓住了我的散开的头发,喊:"妈——"

妈妈说:"要剪就剪,别三心二意呀!"

好,剪就剪,我放开了手,闭上眼睛,听剪刀在我后脖子响。他剪了梳,梳了剪,我简直不敢睁开眼睛看。可是等我睁开了眼,朝镜子里一看,我不认识我了!我变成一个很新鲜、很可笑的样子。可不是,妈妈和宋妈也站在我的背后朝镜子里的我笑。是好看,还是不好看呢?她们怎么不说话?

大师傅在用扑粉掸我的脖子和脸,好把头发楂儿掸下去,小徒弟在为我打那布扇子,一蹲,一拉。我要笑了,因为——瞧小徒弟那副傻相儿!窗外街上也有人探头在看我,我怎么出去呢?满街的人都看着我一个人,只因为我剪去了辫子,并且理成上海时兴样儿——半剖儿!

我又快乐又难过,走回家去,人像是在飘着,我躲在妈妈和宋妈的中间走。我剪了发是给人看的,可是这会子我又怕人看。我希望明天早晨到了班上,别的女同学也都剪了,大家都一样就好了,省得男生看我一个人。可是我还是希望别的女生没有剪,好让大家看我一个人。

现在街上的人有没有看我呢?有,干货店伙计在看我,杭州会馆门口站着的小孩儿在看我,他们还说:"瞧!"我只觉得我的后脖子空了,风一阵来一阵去的,好像专往我的脖子吹,我想摸摸我的后脑勺秃成什么样子,可又不敢。

回到家里,我又对着镜子照,我照着想着,想到了爸爸,就不自在起来了,他回家要怎么样地骂我呢?他也会骂妈妈,骂宋妈,说她们不该带我去把辫子剪掉了,那还像个女人吗?唉!我多不舒服,所以我不笑了,躲在屋子里。

妈妈叫我我也听不见,宋妈进来笑话我:

"怎么?在这儿后悔哪!"

然后,我听见洋车的脚铃铛响,是爸爸下班回来了,怎么办呢?我不出屋子了,我不去看三姨结婚了,我也不吃晚饭了,我干脆就早早地上床睡觉算了。

可是爸爸已经进来了,我只好等着他看见我骂我,他会骂我:"怎么把头发剪成这个样子,这哪还像个女人,是谁叫你剪的?鬼样子,像外国要饭的……"但是我听见:

"英子。"是爸爸叫我。

"噢。"

爸爸拿着一本什么,也许是一本《儿童世界》,他一定不会给我了。

"咦?"爸看见我的头发了,我等着他变脸,但是他笑了,"咦,剪了辫子啦?"只是这么简简单单的一句话,唉!只是这么简单的一句话。

我的心一下子松下来了,好舒服!爸爸很高兴地把书递给我,他说:

"我替你买了一个日记本,你以后要练习每天记日记。"

"怎么记呢?我不会啊!"记日记,真是稀奇的事,像我剪了头发一样的稀奇哪!

"就比如今天,你就可以这样记:1927年7月15日,我的辫子剪去了。"

"可是,爸,"我摸摸我后脖的半剖儿说,"我还要写,是在虎坊桥文华阁剪的,小徒弟给我扇着布帘子。"

我歪起脸看爸爸,他笑了。我再看桌上妈妈给我穿的两枝茉莉花,它们躺在那儿,一点用处也没有啦!

家住书坊边
——琉璃厂、厂甸、海王村公园

每看到有人写北平的琉璃厂—厂甸—海王村公园时,别提多亲切,脑中就会浮起那地方的情景,暖流透过全身,那一带的街道立刻涌向眼前。我住在这附近多年,从孩提时代到成年。不管在阳光下,在寒风中,也无论到什么地方——出门或回家,几乎都要先经过这条自清一代到民国绵延二百年而至今不衰的北平文化名街——琉璃厂。我家曾有三次住在琉璃厂这一带:椿树上二条、南柳巷和永光寺街。还有曾住过的虎坊桥和梁家园,也属大琉璃厂的范围内。

琉璃厂西头俗称厂西门,名称的由来是有一座铁制的牌楼，上面镶着"琉璃厂西门"几个大字，就设立在琉璃厂西头上。在铁牌楼下路北，有一家羊肉床子和一家制造毛笔的作坊，我对它们的印象特深，因为我每天早上路过羊肉床子到师大附小上学去时，门口正在大宰活羊，血淋淋的一头羊，白羊毛上染满了红血，已经断了气躺在街面的土地上，走过时不免心惊绕道而行；但下午放学回来时，却是香喷喷的烧羊肉已经煮好了。我喜欢在下午吃一套芝麻酱烧饼夹烧羊肉，再就着喝一瓶玉泉山的汽水，清晨那头被宰割的羔羊，早就忘在一边儿了。至于毛笔作坊，是在一间大门进去右手边的屋子里。以为我是去买毛笔吗？才不是，我是去买被截下来寸长的废笔管，很便宜，都是做小女生的买卖。手抱着一大包笔管，回家来一节节穿进一长条结实的线绳上成了一条竹跳绳。竹跳绳打在地上发出清脆的声音，增加跳绳的情趣。不过竹管被用力地甩在地上，日久会裂断，就得再补些穿上去。

放学回家，过了厂西门再向前走一小段，就到了雷万春堂阿胶鹿茸店所在地的鹿犄角胡同了；迎面的玻璃橱窗里，摆着一对极大的鹿犄角，是这家卖鹿茸阿胶店的标本展示。店里常年坐着一两位穿长袍的老者，我看着这对鹿犄角和老者有二十多年了。看见鹿犄角向左转（北平话应当说"往南拐"），先看见井窝子（拙著《城南旧事》写我童年故事的主要背景），就到了我最早在北京的住家椿树上二条了。

文人爱提琉璃厂，因为它是文化之街，自明清以来，不知有多少文人的笔下都写到琉璃厂；小孩子或妇女爱提厂甸，因为"逛厂甸儿"是北平过年时类似庙会的活动。厂甸是在东西琉璃厂交界叫作"海王村公园"的那块地方。说公园，其实是一处周围有一圈房子的院落而已。院子中有荷花池、假山石，但是平日并没有人来逛。公园有一面临南新华街，这倒是一条学校街，师范大学（早年的京师学堂，后来成为全国第一座国立的师范大学）和师大附小面对地把着马路两边，师大附中则在厂甸后面。这条包含了新旧书籍、笔墨纸砚、碑帖字画、金石雕刻、文玩古董的文化街，再加上大、中、小学校，更增加古城的文化气息。我有幸在北平成长的二十五年间，倒有将近二十年是住在这条全国闻名的文化街附近，我对这条街虽然非常非常地熟识，可惜不学如我，连一点古文化气息都没熏陶出来！

我的公公夏仁虎（号枝巢）先生在他的《旧京琐记》一书中开头就说"余以戊戌通籍京朝"，我也可以说我是"五岁进京"吧！先母告诉我，进京经过是这样的：

1922年3月初，我随父母自台湾老家搭乘日本轮船"大洋丸"去上海。在"大洋丸"上遇见了连雅堂夫妇，母亲说他们可能是到日本去看博览会。当时的情形是这样，母亲晕船，整天躺在房舱里，我则常到甲板上跑来跑去，连雅堂先生看见我这个同乡小孩，便跟我说话，因而认识了我的父母。他知道我们要到北京去，还建议说，到北京该去琉璃厂刻个图章，那是最好的地方。这样说来，我们在"大洋丸"上就先知道北京有个琉璃厂了。怪有趣，也有缘。

刚到北京，临时住在珠市口一家叫"谦安栈"的客栈，旁边是有名的第一舞台（第一次看京戏就在第一舞台，那是一场义务戏，包罗全北京的名伶，李万春那时是有名的童伶）。不久我们就搬到椿树上二条，我开始在北京接受全盘中国教育。

一个大雨天，叔叔带我去考师大附小。我无论怎么淘气，还是一个很怕考试的小女孩。就从一排教室楼的楼下考到楼上，一间一间教室走进去、走出来，到每一个讲桌前停下来，等待老师问你什么（例如认颜色），要你做什么（例如把不同形状的木制模型嵌进同形的凹洞里），为了试耳音，老师紧握双手，伸到距离两耳各一尺的地方，要考生指出哪一边有手表秒针走的声音。我一一通过，当然考取了，就在这北京城有名的"厂甸附小"读了六年，打下我受教育的好基础。

每天早上吃一套烧饼油条，背了书包走出椿树上二条的家门，出了胡同口，看见井窝子，看见鹿犄角，看见大宰活羊，再走过一整条的西琉璃厂，看见街两边的老书铺、新书店、南纸店、裱画铺、古玩店、笔墨店、墨盒店、刻字铺，等等。我是一个接受新式小学完全教育的小孩，在这条古文化街过来过去二十多年，文人学者所写旧书铺的那种情调气氛及认识，我几乎一点儿也没有沾过。

附小的大门进来，操场左边是一、二年级教室，然后一年年教室向里伸进去。学校以大礼堂隔开前后操场和年级进度。穿过礼堂豁然开朗的是大操场，全校如有朝会、运动会都是在这大操场上举行。大操场右面大楼就是我入学考试的大楼了，它也是四年级以上的教室楼。操场顶头有一排平房，是图书室和缝纫教室。到了三年级女生就要学缝纫，男生则是在前院的工作室学锯木板、钉钉子什么的。

胖胖的郑老师教我们缝纫。一开始学直针缝、倒针缝，然后是学做手绢，锁狗牙边儿，再下去是学做蒲包鞋、钉亮片、绣十字线……成绩好的作品还锁在玻璃柜里展览呢！但是我最爱的却是这间兼图书室的教室架上所陈列的书本。这些课外读物给我印象深刻的是商务印书馆所出版的林琴南翻译的世界名著。我们今天仍沿用的西洋名著的书名，大都还用林译书名，尤其是一些名著改编成电影在中国上演，皆采用林译书名为电影名，如《茶花女》《黑奴吁天录》《块肉余生记》《劫后英雄传》《双城记》《基度山恩仇记》《侠隐记》，等等，皆非原著之名，而是林琴南给起的。大家都知道林氏并不谙英文，有笑话说，他在英文"beautiful"一词旁，注谐音为"冰糖葫芦"。他也不逐字逐句译书，他依据口述者口述，再自己编写成浅显文言，所以每书皆不厚。我读小学三四年级时，林译小说还在盛行，我们那小图书室就可借阅。我囫囵吞枣，竟也似懂非懂地读了不少林译。没想到我这个尚未接触中国新文艺的小学生，竟先读了西洋小说，这也真是怪事了。

公公所著《旧京琐记》，有数处地方写到琉璃厂，他曾写道：

> ……琉璃厂是书画、古玩商铺萃集之所。其掌各铺者，目录之学与鉴别之精，往往有过于士夫。余卜居其间，恒谓此中市佣亦带数分书卷气。盖皆能识字，亦彬彬有礼。……

先翁所说"余卜居其间"，是因夫婿夏家数十年居于城南，两屋皆在琉璃厂一带。早年是住在南新华街师大旁边一胡同叫"安平里"的，听外子说，后墙外就是师大的后操场，他的四哥亦师大学生，常常走捷径翻过矮墙到师大去上课，就不走师大正门了。后迁厂西门下去一些的永光寺街，老太爷出出入入当然也是经过琉璃厂这条街了。

又曾读过近人所写一文，也是谈到琉璃厂旧书店的

情调:

> ……当你踱进一家湫暗低陋的书肆门限时,穿着土布制成的长袍宽袖旧式服装,手里拿着白铜的水烟袋的老主人赔着笑容,打着呵欠迎你出来。在那种静穆的空气笼罩下,四围尽是些"满目琳琅"的画册,伸手从架上抽出一部经书翻翻,放下再找一套说部读读,看完篇论文,又寻段话诗的。真是但觉宇宙之大,也不过包综于这几万卷线装书里面而已,便不由得使你忘了一切身边的琐事,而感到一种莫可言传的趣味,这里竟想不出一个适当的名词来说明这种趣味,姑且叫它作"诗意"吧……

逛逛湫暗的旧书铺,竟有诗意之感,我是没有体验过,印象中只觉得长年里这种旧书铺或古玩铺,静悄悄的,极少有顾客盈门的情形。北平对古玩店有句俗语:"三年不开张,开张吃三年。"就是这种情形吧!在这条街上,胡开文、贺连青、李玉田的湖笔徽墨,荣宝斋、清秘阁的字画纸张,倒是有去购买的经验。小学时候,二年级就习写毛笔字,去琉璃厂买一个小小的白铜墨盒,上面刻着山水画,买来后,请母亲用毛线钩一个墨盒套。有习字的日子,就提着小墨盒上学去。在九宫格的毛边纸习字簿上,照柳公权的字帖春蚓秋蛇地涂写一番。柳字细巧，本是适合女孩子练字的，叔叔给我买的这本柳公权《玄秘塔》字帖，我可也习写了好多年呢！夏秋之季每天守着春蚕吐丝，就是为了用丝绵做墨盒芯子。把一块"天然如意"的墨条用绵纸包裹上，再熔蜡油滴满包纸上，是为了巩固墨条不致断裂。耐心而有趣地磨了浓浓的墨汁，注入墨盒里。我爱用七紫三羊毫毛笔，蘸着完全自己调制的墨汁，写出来的字虽不怎么样，兴趣却浓。这些都是求之于琉璃厂的。

磨墨一事是中国人读书生活中不可缺少的，我婚后常常看见公公在书房里，他的爱妾曼姬正据桌安坐，弯着胳臂一圈一圈有规律地运作着，给老太爷磨墨呢！唯有这时他们是和谐的、安详的，他们一定有宇宙虽大，却只有他俩的感觉吧。记得某年过年，老太爷不怕忌讳，竟用一副故宫流落出来的灰色宣纸写下——

老思无病福
饥吃卖文钱

这样的对子作为开春执笔。这副对联裱好后，挂在他们的书房里。它一直是我喜爱的，曾想问老人家可否送给我这第六房儿媳妇留以为纪念，一直未出口，如今只留下记忆了。我又记得我返台见到先父的启蒙学生吴浊流先生，他屡次对我说，他八岁受教于先父，常在放学后到老师的单人宿舍里，为老师研墨、拉纸，看老师写字。他曾把这深刻的、亲切的印象，写在他的禁书《无花果》里。

说到纸，也是琉璃厂的产物，前面所说我初习字用毛边纸的习字簿，当然用不着到荣宝斋、清秘阁这类讲究大店去买，但长大后却喜爱到荣宝斋去选购一些彩色木版水印笺纸，我买来并非用它来写信，我哪里舍得，也没那么风雅，只是喜爱它，当作艺术品那样地欣赏保留。记得有一套是齐白石的写意小品，鱼、虾、螃蟹等，印在笺纸的左下角上，别提多雅致了。印制木版水印笺纸，是荣宝斋的一项专门技术，听说他们近年来更发展成把古今名画亦以木版套色水印方式复制了。去年在香港，金东方妹送了我一锦盒装的《萝轩变古笺谱》，是上海博物馆出品，仿古宣纸笺是那样的古朴可爱。萝轩笺谱原有近二百幅，是明代天启年间吴发祥制作，这套只选了八面，印制在信笺的中央，其雕镂极细巧，在简练的运笔下，刻出花篮、竹石、孤雁、花卉、书架、花鹿等，以两色设色，简单中的古朴精雅。我抚摸把玩，不由得想起年轻时到琉璃厂买这类文物的"附庸风雅"的心情了！

在琉璃厂过来过去的二十多年中，还能记忆的是路南的有正书局，每年阴历大年初一，店面玻璃窗中贴满了中国古典小说如《三国演义》等的绣像全图，好像看连环图画，也是小孩子所喜欢的。琉璃厂古文物商店的匾额也颇有其特点，题额者多为书法家，在我印象中有姚华（茫父）、张伯英、陆润庠、翁同龢、张海若、祝椿年等，其他记不起来了，但是他们各为谁家题的匾额，已不复记忆。

书店（不是旧书铺）给我更多快乐的还是琉璃厂那几家新式书店——商务印书馆、中华书局、北新书局、现代书局。在小学时，每学期开学，拿着书单到"商务"和"中华"去买教科书，是我最快乐的事。"商务"很大，台阶上去，有左右两个大门，进去后，是一条宽敞走廊，第二道门是转门，起码在六十年前他们就有了转门，可见其洋了。再进去左右是高高的柜台，我形容其高，是因为我是个小女生，柜台要仰望之，我伸长手臂把书单递上去，店员配了书，算了账，跟我要了书款，然后就有一个空中缆绳系着一个盒子，把书单和书款放入盒内弹到账台那边，等一下再弹回来。这样店员就不必一趟趟往账台跑。小小心里觉得这书店好神气，在这样的书店买了书真高兴。有时放学回家路过"商务"的时候，也会跑上台阶，从这门进去，穿过走廊，再从那门出来，小小的我就这样走走，也满心高兴。中华书局则在"商务"斜对面，只是一栋平房，气派小多了。除了教科书以外，在小学生时期，曾有多年订阅"中华"的《小朋友》半月刊和"商务"的《儿童世界》杂志，那是我课外的精神食粮。记得《小朋友》上曾连载王人路翻译的《鳄鱼家庭》，是我爱读的小说，王人路是电影明星王人美的哥哥，当年写译过许多给小朋友阅读的作品。

北新书局（路北）和现代书局（路南），则是我上了中学以后在琉璃厂吸收新文艺读物的地方。我小学毕业后父亲过世，母亲是旧式妇女，识字不多，上无兄姊，我是老大，读什么书考什么学校都要我自己做主。培养我读书（不是教科书）的兴趣，可以说"家住书坊边"——琉璃厂给我的影响不小。现代书局是施蛰存等一些人办的，以"现代"面貌出现，我订了一份《现代》杂志，去看书买书的时候，还跟书局里的店员谈小说、新诗什么的，觉得自己很有文艺气息了！

如果厂甸用"逛"的，那就不是专属于文人雅士了。逛厂甸儿一年只有两次，就是新历过年和旧历过年的时候。厂甸的范围原属海王村公园一带，但北伐以前的北洋时代，其热闹繁盛要延长东西南北数方里；一整条新华街，北起和平门脸儿，南达虎坊桥大街，还有整条东西琉璃厂，刚好形成"十"字形。海王村公园里面，摆了几百个摊子，玩具、饮食、玉器等各有其集中点。这是给儿童及一般家庭妇女逛的。据齐如山先生说，典型的中国制玩具有几百种，过年时候就会全部在厂甸出现了。记得早上起来，在家里就可以听到胡同里赶早班逛厂甸的儿童买的风车、噗噗登玩具，一路风吹、人吹，呱呱山响。饮食摊位则在海王村门口两旁及后面，而海王村里面中央在"北京"时代则搭着一高台子，设许多茶座，是为了让逛厂甸的文人雅士携眷或携妓来居高临下风光一番的。这到北伐以后就没有了。先翁曾作《厂甸新春竹枝词》，就是描写当年这种"逛"厂甸的情形。

至于厂甸新春的旧书摊及画棚子，是设在贯通南、北新华街整条大马路上，大画棚子多在师大门口一排，对面附小门前则是旧书摊，都各延伸数里长。文人学者们逛旧书摊，费一上午或一下午是不够的，总要天天来、上下午都来。琉璃厂的旧书铺也在此设临时书摊，但是贵重的绝版古书，当然还得请你到铺里去看了。画棚里的字画，我始终不懂，只是看热闹罢了。但记得那里有很多董其昌、郑板桥的字，八大山人的画，后来才知道，假的多。

在北平居住的二十五年间，不管是否住在琉璃厂附近，都一样几乎每天到琉璃厂这一带来。读附小二年级时，我家搬到和平门里的新帘子胡同，每天得坐车绕顺治门走顺城街到附小上学，但不久开辟一座和平门，打通南北新华街。记得正在动工的时候，也可以从一垛垛的土堆上走过去，觉得非常新奇有趣。从新帘子胡同又搬到虎坊桥大街，这次到南新华街南头儿了，上下学也是得走新华街、厂甸到附小。后来又搬到西交民巷,虽非琉璃厂区,但小学还没毕业,还是得每天到厂甸上学。父亲病重时,我家住在梁家园,父亲去世后,就搬到南柳巷,婚后夫家在永光寺街,全属琉璃厂区。最后几年住在中山公园旁的南长街时,我在师大图书馆工作,仍是每天到厂甸来上班,还是没离开琉璃厂。

琉璃厂—厂甸—海王村公园,对于自幼年成长到成年的我,是很重要的地方。长于斯,学于斯,却是个"家住书坊边,不知书坊事"的人,很惭愧。没有学出什么,只怪自己的兴趣太广,只好从虚荣心上讲,有些得意罢了!

冬阳·童年·骆驼队
——《城南旧事》出版后记

骆驼队来了,停在我家门前。

它们排列成一长串,沉默地站着,等候人们的安排。天气又干又冷。拉骆驼的摘下了他的毡帽,头上冒着热气,是一股白色的烟,融入干冷的空气中。

爸爸在和他讲价钱。双峰的驼背上,每匹都驮着两麻袋煤。我在想,麻袋里面是"南山高末"呢,还是"乌金墨玉"?我常常看见顺城街煤栈的白墙上,写着这样几个大黑字。但是拉骆驼的说,他们从门头沟来,他们和骆驼,是一步一步走来的。

另外一个拉骆驼的,在招呼骆驼们吃草料。它们把前脚一屈,屁股一撅,就跪了下来。

爸爸已经和他们讲好价钱了。人在卸煤,骆驼在吃草。

我站在骆驼的面前,看它们咀嚼的样子:那样丑的脸,那样长的牙,那样安静的态度。它们咀嚼的时候,上牙和下牙交错地磨来磨去,大鼻孔里冒着热气,白沫子沾在胡须上。我看呆了,自己的牙齿也动起来。

老师教给我,要学骆驼,沉得住气。看它从不着急,慢慢地走,总会走到的;慢慢地嚼,总会吃饱的。也许它天生是该慢慢的,偶然躲避车子跑两步,姿势就很难看。

骆驼队伍过来时,你会知道,打头儿的那一匹,长脖子底下总系着一个铃铛,走起来,铛、铛、铛地响。

"为什么要系一个铃铛?"我不懂的事就要问一问。

爸爸告诉我,骆驼很怕狼,因为狼会咬它们,所以人类给它戴上铃铛,狼听见铃铛的声音,知道那是有人类在保护着,就不敢侵犯了。

我的幼稚心灵中却充满了和大人不同的想法,我对爸爸说:"不是的,爸!它们软软的脚掌走在软软的沙漠上,没有一点点声音,您不是说,它们走上三天三夜都不喝一口水,只是不声不响地咀嚼着从胃里反刍出来的食物吗?一定是拉骆驼的人,耐不住那长途寂寞的旅程,才给骆驼戴上了铃铛,增加一些行路的情趣。"

爸爸想了想,笑笑说:"也许,你的想法更美些。"

冬天快过完了，春天就要来了，太阳特别暖和，暖得让人想把棉袄脱下来。可不是吗？骆驼也脱掉它的旧驼绒袍子啦！它的毛皮一大块一大块地从身上掉下来，垂在肚皮底下。我真想拿把剪刀替它们剪一剪，因为太不整齐了。拉骆驼的人也一样，他们身上那件反穿大羊皮，也都脱下来了，搭在骆驼背的小峰上。麻袋空了，"乌金墨玉"都卖了，铃铛在轻松的步伐里响得更清脆。

夏天来了，再不见骆驼的影子，我又问妈："夏天它们到哪儿去？"

"谁？"

"骆驼呀！"

妈妈回答不上来了，她说："总是问，总是问，你这孩子！"

夏天过去，秋天过去，冬天又来了，骆驼队又来了，童年却一去不还了。冬阳底下学骆驼咀嚼的傻事，我也不会再做了。

可是，我是多么想念童年住在北京城南的那些景色和人物啊！我对自己说，把它们写下来吧，让实际的童年过去，心灵的童年永存下来。

就这样，我写了一本《城南旧事》。

我默默地想，慢慢地写，又看见冬阳下的骆驼队走过来，又听见缓缓悦耳的驼铃声。童年重临于我的心头。

英子的乡恋

第一信 给祖父

英子十四岁

亲爱的祖父：

当你接到爸爸病故的电报,一定很难受的。您有四个儿子,却死去了三个,而爸爸又是死在万里迢迢的异乡。我提起笔来,眼泪已经滴满了信纸。妈妈现在又躺在床上哭,小弟弟和小妹妹们站在床边莫明其妙是怎么回事。

以后您再也看不见爸爸的信了,写信的责任全要交给我了。爸爸在病中的时候就常常对我说,他如果死了的话,我应当帮助软弱的妈妈照管一切。我从来没有想到爸爸会死，也从来没有想到我有这样大的责任。亲爱的祖父，爸爸死后，只剩下妈妈带着我们七个姐弟。北平这地方您是知道的，我们虽有不少好朋友，却没亲戚，实在孤单得很，祖父您还要时常来信指导我们一切。

妈妈命我禀告祖父，爸爸已经在死后第二天火葬了，第三天我们去拾骨灰，放在一个方形木匣内，现在放在家里祭供，一直到把他带回故乡去安葬。因为爸爸说，一定要使他回到故乡。

第二信　给祖父

英子十四岁

亲爱的祖父：

您的来信收到了，看见您颤抖的笔迹，我回想起五年以前，您和祖母来北平的情况，那时候小叔还没有被日本人害死，我们这一大家人是多么快乐！您的胡须，您的咳嗽的声音，您每天长时间坐在桌前的书写，都好像是昨天的事。如今呢？只剩下可怜孤单的我们！

您来信说要我们做"归乡之计"，我和妈妈商量又商量，妈妈是没有一定主张的，最后我们还是决定了暂时不回去。亲爱的祖父，您一定很着急又生气吧？禀告您我们的意见,看您觉得怎么样。

  我现在已经读到中学二年级了,弟弟和妹妹也都在小学各班读书,如果回家乡去,我们读书就成了问题。我们不愿意失学,但是我们也不能半路插进读日本书的学校。而且,自从小叔在大连被日本人害死在监狱以后,我永远不能忘记,痛恨着害死亲爱的叔叔的那个国家。还有爸爸的病,也是自从到大连收拾小叔的遗体回来以后,才厉害起来的。爸爸曾经给您写过一封很长很长的信,报告叔叔的事,我记得他写了很多个夜晚,还大口吐着血的。而且爸爸也曾经对我说过,当祖父年轻的时候,日本人刚来到台湾,祖父也曾经对日本人反抗过呢!所以,我是不愿意回去读那种学校的,更不愿意弟弟妹妹从无知的幼年,就受那种教育的。妈妈没有意见,她说如果我们不愿意回家乡,她就和我们在这里待下去,只是要得到祖父的同意。亲爱的祖父,您一定会原谅我们的,我们会很勇敢地生活下去。就是希望祖父常常来信,那么我们就如同祖父常在我们的身边一样地安心了。

  妈妈非常思念故乡,她常常说,我们的外婆一定很盼望她回去,但是她还是依着我们的意思留下来了,妈妈是这样的善良!

第三信　给堂兄阿烈

英子十六岁

阿烈哥哥：

　　自从哥哥回故乡以后，我们这里寂寞了许多。我和弟弟妹妹打开了地图，数着哥哥的旅程，现在该是上了基隆的岸吧？我们日日听着绿衣邮差的叩门声，希望带来哥哥的信，说些故乡的风光！您走的时候，这里树叶已经落光了，送您到车站，冷得发抖，天气冷，心情也冷。您自己走了，又带走了爸爸的骨箱。去年死去了四妹，又死去了小弟，在爸爸死去的两年里，我们失去了这样多的亲人。算起来，现在剩下我们姐弟五个和可怜的妈妈。送哥哥走了以后，回到家里来，妈妈说天气太冷了，可以烧起洋炉子来，虽然屋子立刻变暖，可是少了哥哥您，就冷落了许多。您每天晚上为我们讲的《基度山恩仇记》还没有讲完呢！许多个晚上，我们就是打开地图，看看那一块小小地方的故乡。

　　妈妈一边向炉中添煤，一边告诉我们说：故乡还是穿单衣的时候。是吗，哥哥？那么您的棉袍到了基隆岂不是要脱掉了吗？妈妈又说，故乡的树叶是从来不会变黄、变枯，而落得光光的；水也不会结冰，常年地流着。椰子树像一把大鸡毛掸子；玉兰树像这里的洋槐一样地普遍；一品红也不像这里可怜地栽在小花盆里,在过年的时候才露一露;还有女人们光着脚穿着拖板,可以到处去做客,还有,还有……故乡的一切真是这样的有趣吗?您怎么不快写信来讲给我们听呢?

　　妈妈说,要哥哥设法寄这几样东西:新竹白粉、茶叶、李咸和龙眼干。后面几项是我们几个人要的,把李咸再用糖腌渍起来的那种酸、甜、咸的味道,我们说着就要流口水啦!妈妈说,故乡还有许多好吃的东西,在这里是吃不到的,最后妈妈说:"我们还是回台湾怎么样?"我们停止了说笑声,不言语了,回台湾,这对于我们岂不是梦吗?

第四信　给堂兄阿烈

英子十七岁

阿烈哥哥:

　　您的来信给我们带来了最不幸的消息——亲爱的祖父的死。失去祖父和失去父亲一样地使我们痛苦,在这世界上,我们好像更孤零、无所依靠了。北方的春天虽然顶可爱,但是因为失去了祖父,春天变得无味了!有一本祖父用朱笔圈过的《随园诗话》,还躺在书桌的抽屉里。我接到哥哥的信,不由得把书拿出来看看,祖父的音貌宛在,就是早祖父而去的父亲、小弟、四妹,也一起涌上了心头。我常常想,这些事情都不是真的——失去了许多亲人。我的小小年纪便负起没有想到过的责任；生活在没有亲族和无所依赖的异乡，但摆在面前的这一切，却都是真的呢！我每一想到不知要付出多少勇气，才能应付这无根的浮萍似的漂泊异乡的日子时，就会不寒而栗。我有时也想，还是回到那遥远的可爱的家乡去，赖在哥哥们的身旁吧，但是再一念及我和弟妹们受教育问题，便打消了回故乡的念头。我们现在是失去了故乡，但是回到故乡，我们便失去了祖国。想来想去，还是宁可失去故乡，让可爱的故乡埋在我的心底，却不要做一个无国籍的孩子。

昨天，我在音乐课上学了一首《念故乡》的歌，别人唱这个歌时无动于衷，我却流着心泪。回到家里，我唱了又唱，唱了又唱。弟弟还说："姐姐干吗唱得那么惨！"可爱无知的弟弟哟！你再长大些，就知道我们失去故乡的痛苦的滋味，是和别人不同的。

您问我们这个新年是如何度过的，还不是和往年一样，把几个无家可归的游魂邀到家里来共度佳节，今年有张君和李君，他们三杯酒下肚，又和妈妈谈起家乡风光来了。这一顿饭直吃得杯盘狼藉，李君醉醺醺地说："回去吧，英子！回去吃拔仔，回去吃猪公肉！"哥哥，他们的醉话和我的梦话差不多吧！我曾听张君说过的，他们如果回去的话，前脚上了基隆的岸，后脚就会被警察带去尝铁窗滋味呢！但是我知道，他们思念家乡比我还要痛苦的！我虽然这样热爱故乡，但是回忆起来，却是一片空白。故乡是怎样的面貌啊！我在小小的五岁时就离开她，我对她是这样的熟悉，又这样的陌生啊！

上次给哥哥寄去的照片，您说有一位同村的阿婆竟也认出说："这是英子！"我太开心了，我太开心了，我居然还没有被故乡忘掉吗？让我为那位可爱的阿婆祝福，希望在她的有生之年，我们有见面的一天吧！

第五信　给堂兄阿烈

英子二十八岁

阿烈哥哥：

给您写这封信是怀着怎样的心情，真是形容不出来！哥哥，您还认得出妹妹的笔迹吗？自从故乡大地震的那一次，您写信告诉我们说，家人已无家可归，暂住在搭的帐篷里，算来已经十年不通信了。这十年中，您会以为我忘记故乡了吗？实在是失乡的痛苦与日俱增，岁岁月月都像是在期待什么，又像是无依无靠无奈何。但是真正可期待的日子终于到临。八月十五日的中午，所有的日本人都跪下来，听他们的"天皇"广播出来的降书。我在工作了四年的藏书楼上，脸贴着玻璃窗向外看，心中却起伏着不知怎样形容的心情，只觉得万波倾荡,把我的思潮带到远远的天边,又回到近近的眼前!喜怒哀乐,融成一片!哥哥,您虽和我们隔着千山万水,这种滋味却该是同样的吧?这是包着空间和时间的梦觉!

让我来告诉哥哥一个最好的消息,就是我们就预备还乡了。从一无所知的童年时代,到儿女环膝地做了母亲,这些失乡的岁月,是怎样挨过来的?雷马克说:"没有根而生存,是需要勇气的!"我们受了多少委屈,都单单是为了热爱故乡,热爱祖国,这一切都不要说了吧,这一切都譬如是昨天死去的吧,让我们从今抬起头来,生活在一个有家、有国、有根、有底的日子里!

哥哥您知道吗?最小的妹妹已经亭亭玉立了,我们五个之中,三个已为人妻母,两个浴在爱河里。妈妈仍不见老,人家说年龄在妈妈身上是不留痕迹的!而我们也听说哥哥有了四千金,大家见面都要装得老练些啊!

妹妹和弟弟有无限的惆怅,当他们决定回到陌生的故乡,却又怕不知道故乡如何接待这一群流浪者。够温暖吗?足以浸沁孤儿般的干涸吗?

哥哥,十言万语,不知从何说起,您就准备着欢迎我们吧!对了,您还要告诉认识英子的那位阿婆(相信她还健在)英子还乡的消息吧,我要她领着我去到我童年玩耍的每一个地方,我要温习儿时的梦。好在这一切都不忙的,我会在故乡长久、长久、长久地待下去，有的是时间去补偿我二十多年间的乡恋。哥哥，为我吻一下故乡的泥土吧！再会，再会，再会的日子是这样的近了！

〔后记〕 《英子的乡恋》是我在1951年3月写的，到如今刚好十三个年头儿了！日子有飞逝的感觉。这几封信虽不一定每封都是真的写过的，但却是我当时真实的心情和真实的生活情景。写时倾泻了我的全部的情感，因此自己特别珍爱这篇小文。也许别人读了无动于衷，那倒也没有什么关系。

先祖父林台（号云阁）先生在世时，是头份地方上受人尊敬的长者，做过头份的区长。他在世时，每年回一次祖籍广东蕉岭。我们过海到台湾已经有五六代了。先父林焕文先生是先祖父的长子，他毕业于日据时代的国语学校师范部，精通中日文。毕业后曾执教于新埔公学校，因此台湾文艺社的社长吴浊流先生做过先父的学生。现在吴先生六十多岁了，还在热心地提倡文艺，先父却在四十四岁的英年因肺疾逝世于故都北平。吴先生讲起受教于先父的日子时，热泪盈眶。他说那时他才不过十一岁，如今记忆犹新。他说先父风流潇洒，写得一笔好字，当先父写字的时候，吴先生常在一旁拉纸，因此先父就也写了一幅《滕王阁序》送给他。五十年了，当然这幅字没有了，记忆却永留，这不就够了嘛！

先父后来到板桥的林本源那里做事，我母亲是板桥人，所以他娶了母亲。他们后来到日本大阪去，在那里生下了我。我的母亲告诉我，我们从日本回台湾时，我三岁，满嘴日本话。在家乡头份，我很快学会说客家话。不久，先父到北京去，我跟着母亲回她的娘家板桥，我又学说闽南话。然后，五岁到北京（我所以说北京，因为那时是1923年、1924年，还叫北京）。据母亲告诉我，我当时的语言紊乱极了，用日本话、客家话、闽南话、北平话表达意见。最后，很快地，就剩了一种纯正的语言——北平话。我现在只能听懂和说极少的客家话，虽能说全部的闽南话，但是外省朋友听了说："你的台湾话我听得懂！"本省朋友听了说："你是哪里人，高雄吗？"这是因为高雄地区的闽南话比较硬吧！而且闽南语系有七声，北平话只有四声，用四声去说七声的话，所以有荒腔走板的毛病。

文中的阿烈哥哥是我的堂兄林德烈先生。当年先父要他到北平去读书，他却一心一意地爱上了戏剧学校，他想去考，先父不答应。戏剧学校虽然没进成，却自己学会了一手好胡琴。我曾跟他开玩笑说："你如果当年真进了戏剧学校，跟宋德珠、关德咸他们是同辈，说不定你林德烈真成了名须生呢！"阿烈哥哥是个老实人，他在光复初任职于中广公司，后来回家乡，现任职于头份镇公所。

我的第二故乡是北平，我在那里几乎住了一个世纪的四分之一。因此除了语言以外,我也有十足的北平味儿,有些地方甚至"比北平人还北平"。

文中提到的小叔,是我最小的叔叔林炳文先生。他当年和朝鲜的抗日分子同在大连被日本人捉到,被毒死在监狱里。先父去收尸回来,才吐血发肺疾的。小叔最疼爱我,我在北平考小学是他带我去的,第一次临柳公权《玄秘塔》的字帖,是他给我买的。我现在每次回头份时,小婶见了我,触动她的伤心事,总要哭一哭。

我现在很怀念第二故乡北平,我不敢想什么时候才再见到熟悉的城墙,琉璃瓦,泥泞的小胡同,刺人的西北风,绵绵的白雪……既然不敢想,就停下笔不要想了吧!

苦念北平

不能忘怀的北平！那里我住得太久了，像树生了根一样。儿童、少女，而妇人，一生的一半都在那里度过。快乐与悲哀，欢笑和哭泣，在那个古城曾倾泻我所有的感情，春来秋往，我是如何熟悉那里的季节啊！

春光明媚，一骑小驴，把我们带到西山，从香山双清别墅的后面绕出去，往上爬，大家在打赌，能不能爬上"鬼见愁"的那个山头！我常常念叨"鬼见愁"那块地方，可是我从来也不知道它究竟在哪里。

春天的下午，有时风沙也很大，风是从哪儿吹来的呢？从蒙古那边吹来的吗？从居庸关外那边吹来的吗？春风发狂，把细沙送进了你的眼睛、鼻子和嘴里。出一趟门，赶上风，回来后，上牙打打下牙试试，咯咯吱吱的，全是沙子，真是牙碜。"牙碜"是北平俗话，它常被用在人们的谈话里。比如说：

"瞧，我这两天碰的事儿都别扭，真是，喝凉水都牙碜！"——比喻事不顺心。

"大姑娘哪兴这么说话，也不嫌牙碜！"——比喻言语粗鄙。

"别用手指甲划玻璃好不好，声儿听着牙碜！"——形容令人起寒战的感觉。

"这饭怎么吃着这么牙碜！掺了沙子啦！"——形容咀嚼不适的感觉。

春天看芍药牡丹，是富贵花。中山公园的花事，先是芍药，一池一畦地开，跟着就是牡丹。灯下看牡丹，像灯下观美人一样，可以细细地品赏，或者花前痴望。一株牡丹一个样儿，一个名儿，什么"粉面金刚""二乔""金盆落月"。牡丹都是土栽，不是盆栽，是露天的，春天无雨不怕，就是怕春风。有时一夜狂风肆虐，把牡丹糟蹋得不成样子。几阵狂风就扫尽了春意，寻春莫迟，春在北平是这样的短促呀！

许多夏季的黄昏，我们都在太庙静穆的松林下消磨，听夏蝉长鸣，懒洋洋地倒在藤椅里。享受安静，并不要多说话，仰望松林上的天空，只要清淡地喝几口香片茶。各人拿一本心爱的书看吧,或者起来走走,去看看那几只随着季节而来的灰鹤。不是故意到太庙来充文雅,实在是比邻中山公园的情调,有时太嫌热闹了,偶然也要躲在太庙里享受清福。但是太庙早早就要关门了,阵地不得不转移到中山公园去,那里有同样的松林、同样的茶座,可以坐到很久,一直到繁星满天,茶房收拾桌椅,我们才做最后离园的客人。

最不能忘怀的是"说时迟,那时快"的暴雨;西北的天空忽然乌云密布,一阵骤雨洗净了世间的污浊,有时不到一小时的工夫,太阳又出来了,土的气息被太阳蒸发出来,那种味道至今还感到熟悉和亲切。我喜欢看雨后的红墙和黄绿琉璃瓦,雨后赶到北海划小船最写意。转过了北池子,经过景山前的文津街,是到北海的必经之路。文津街是北平城里我最喜爱的一条路,走过那里,令人顿生怀古幽情。

北平的春天,虽然稍纵即逝,秋日却长,从树叶转黄,到水面结冰,都是秋的领域。秋的第一个消息,就是水果上市。水果的种类比号称"果之王国"的台湾并不逊色,且犹有过之。比如枣,像这里的桂圆一样普遍,但是花样却多,郎家园枣、老虎眼枣、葫芦枣、酸枣,各有各的形状和味道,却不是单调的桂圆可以比的了。沙营的葡萄,黄而透明,一掰两截,水都不流,才有"冰糖包"的外号。京白梨,细而无渣。"鸭儿广",赛豆腐。秋海棠红着半个脸,石榴笑得合不上嘴。它们都是秋之果。

北平的水果贩最会吆唤,你看他放下担子,一手叉腰,一手捂着耳朵,仰起头来便是一长串的吆唤。婉转的唤声里,包括名称、产地、味道、价格,真是意味深长。

西来顺门前,如果摆出那两面大镜子的招牌——用红漆一面写着"涮",一面写着"烤",便告诉人,秋来了。从那时起,口外的羊,一天不知要运来多少只,才供得上北平人的馋嘴咧!

北平的秋天,说是秋风萧索,未免太凄凉!如果走到熙熙攘攘的西单牌楼,远远地就闻见炒栗子香。向南移步要出宣武门的话,一路上是烤肉香。到了宛老五的门前,不由得你闻香下马。胖胖的老五,早就堵着房门告诉你:"还要等四十多人哪!"羊肉的膻,栗子的香,在我的回忆中,是最足以代表北平季节变换的气味了!

每年的秋天,都要有几次郊游,觅秋的先知先觉者,大半是青年学生,他们带来西山红叶已红透的消息,我们便计划前往。星期天,海淀道上寻秋的人络绎于途。带几片红叶夹在书里,好像成了习惯。看红叶,听松涛,或者把牛肉带到山上去,吃真正的松枝烤肉吧!

结束这一年最后一次的郊游,秋更深了。年轻人又去试探北海漪澜堂阴暗处的冰冻了。如履薄冰吗?不,可以溜喽!于是我们从床底下捡出休息了一年的冰鞋,弹去灰尘,擦亮它,静待生火出发,这时洋炉子已经装上了。秋走远了。

这时，正是北平的初冬，围炉夜话，窗外也许下着鹅毛大雪。买一个赛梨的萝卜来消夜吧。"心里美"是一种绿皮红瓤的，清脆可口。有时炉火将尽，夜已深沉，胡同里传出盲者凄凉的笛声。把毛毯裹住腿，呵笔为文，是常有的事。

离开北平的那年，曾赶上最后一次"看红叶"，冰鞋来不及捡出，我便离开她了。飞机到了上空，曾在方方的古城绕个圈，协和医院的绿琉璃瓦给了我难忘的最后一瞥，我的心颤抖着，是一种离开多年抚育的乳娘的滋味。

这一切，在这里何处去寻呢？像今夜细雨滴答，更增我苦念北平。不过，今年北平虽然风云依然，景物还在，可是还有几人能有闲情对景述怀呢！

平凡之家

古人能够"一箪食,一瓢饮,在陋巷",而不改其乐,我怎么就不能在这十叠半席的天地里自得其乐呢?

旧时三女子

我的曾祖母

一年前的冬日,我陪摄影家谢春德到头份去。他是为了完成《作家之旅》一书,来拍摄我的家乡。先去西河堂林家祖祠拍了一阵,便来到三婶家,那是我幼年三岁至五岁居住过的地方。

春德拍得兴起,婶母的老木床、院中的枯井、墙角的老瓮、厨房里的空瓶旧罐,都是他的拍摄对象,最后听说那座摇摇欲坠的木楼梯上面,是我们家庭供祖宗牌位的地方,他要上去,我们也就跟上去了。虽是个破旧的地方,但是整齐清洁地摆设着观音像、佛像、长明灯、鲜花、香炉等，墙上挂着我曾祖母、祖父母的画像和照片，以及这些年又不幸故去的三婶的儿子、媳妇和孙辈的照片。看见曾祖母的那张精致的大画像，祖丽问我："妈，那不就是你写过的，自己宰小狗吃的曾祖母吗？"

这样一问，大家都惊奇地望着我。就是连我家族的晚辈，也不太知道这回事。

如果我说，我的曾祖母嗜食狗肉，她在八十多岁时，还自己下手宰小狗吃，你一定会吃惊地问我，我的祖先是来自哪一个野蛮的省。我最初听说，何尝不吃惊呢！其实"狗是人类的好朋友"的说法，是很"现代"而"西方"的。我听我母亲说过，祖父生前有一年从广东蕉岭拜祭林氏祖祠归来，对正在坐月子的儿媳妇说："你们是有福气的哟！一天一只麻油煮鸡酒，老家的乡下，是多么贫困，哪有鸡吃，不过是用猪油煮狗酒罢了！"

你听听！祖父说这话的口气，是不是认为人类对待动物的道德衡量，宰一条小狗跟杀一只鸡，并没有什么分别？甚至在那穷乡僻壤，吃鸡比吃狗还要奢侈呢！

自我懂事以来，已经听了很多次关于曾祖母宰小狗吃的故事。不过，随着年龄的增长，对于曾祖母宰小狗这回事，每一次都有更多的认识、了解和同情。

说这老故事最多的就是三婶和母亲。三婶还健康的时候，每次到台北，都会来和母亲闲谈家中老事。老妯娌俩虽然各使用彼此相通的母语——一客家、一闽南——又说、又笑、又感叹地说将起来，我在一旁听着，也不时插入问题，非常有趣。她们谈起我曾祖母——我叫她"阿太"——亲手宰烹小狗吃的故事，都还不由得龇牙咧嘴，一副不寒而栗的样子：就好像那是刚刚发生的事情，就好像我阿太还在后院的沟边蹲着，就好像还听得见那小狗在木桶里被开水浇得吱吱叫，那刺耳的声音使得她们都堵起耳朵、闭上眼睛跑开，就好像她们是多么不忍见阿太的残忍行为！

但是，我的曾祖母，并不是一个残忍的女人，她是一个最寂寞的女人。

我的曾祖父仕仲公，是前清的贡生。在九个兄弟中，他是出类拔萃的老五。为了好养活，他有个女性化的名字"阿五妹"，所以当时人都尊称他一声"阿五妹伯"。我的曾祖母钟氏，十四岁就来到林家做童养媳，然后被"送做堆"，嫁给我的曾祖父。但不幸她是个生理有缺陷的女人，一生无月信，不能生育，终生无所出。那么，"阿五妹"爱上了另一个美丽的女孩子罗氏，就是一件很自然的事情了。那个女孩子是人家的独生女儿，做父母的怎肯把独生女儿给"阿五妹"做妾呢？因为我的曾祖父当时有声望、有地位，又开着大染布坊，他们又是自己恋爱的，再加上我阿太的不能生育，美丽的独生女儿，就做了我曾祖父的妾了。妾，果然很快地为"阿五妹伯"生了个大儿子,那就是我的亲祖父阿台先生。

我想,我的曾祖母的寂寞,该是从她失欢的岁月开始的。

阿台先生虽然是一脉单传,却也一枝独秀,果实累累,我的祖母徐氏爱妹,一口气儿生了五男五女,这样一来,造就了林家繁枝覆叶的大家庭。那时候,曾祖父死了,美丽的妾不久也追随地下。阿台先生虽然只是个秀才,没有得到科举时代的任何名堂,但他才学高,后来又做了头份的区长(现在的镇长),事实上比他的父亲更有声望和地位。但是就在林家盛极一时的时候,我的曾祖母,竟带着她自己领养的童养媳,离开了这一大家人,住到山里去了。

并不是我的祖父没有尽到人子的责任,我的祖父是孝子,即使阿太不是他的亲母,他也不废晨昏定省之礼。或许这大家庭使阿太产生了"虽有满堂儿孙,谁是亲生骨肉"的寂寞感吧,她宁可远远地离开,去山上创一个属于她自己的天地。

在那种年代、那种环境、那种地位下,无论如何,阿台先生都有把母亲接回来奉养的必要,但是几次都被阿太拒绝了。请问,荣华和富贵,难道抵不过在山间那弯清冷的月光下打柴埋锅造饭的寒酸日子吗?请在我的曾祖母的身上找答案吧!

终于，在我曾祖母八十岁那年，寒冬腊月，一乘轿子，把她老人家从山窝里抬回来了。听说她的整寿生日很热闹，在那乡庄村镇，一次筵开二三百桌，即使是身为区长，受人崇敬的阿台先生家办事，也不是一件顶容易的事吧！而且，祖父还请画师给她画了这么一张像：头戴凤冠，身穿镶着兔皮边的补褂。外褂子上画的那块补子，竟是"鹤补"，一品夫人哪！我向无所不知的老盖仙夏元瑜兄打听，他说画像全这么画，总不能画一个乡下老太婆，要画就画高一点儿的。我笑说，那也画得高太多啦！

据我的母亲和三婶说，阿太很健康，虽然牙齿全没了，佝偻着腰，也不拄拐杖，出出进进总是一袭蓝衣黑裤。她不太理会家里的人，吃过饭，就举着旱烟管到邻家去闲坐，平日连衣服都自己洗，就知道她是个多么孤独和倔强的人了。

大家庭是几房孙媳妇妯娌轮流烧饭，她们都会为没有牙齿的阿太煮特别烂的饭菜。当她的独份饭菜烧好摆在桌上时，跟着一声高喊："阿太，来吃饭啊！"她便佝偻着腰，来到饭桌前了。我的母亲对这有很深的印象，她说当阿太独自端起了饭碗，筷子还没举起来，就先听见她幽幽的一声无奈的长叹！阿太难道还有什么不满足吗？

现在说到狗肉。

三婶最会炖狗腿，她说要用枸杞、柑皮、当归、番薯等与狗腿同煮，才可以去腥膻之气，但却忌用葱。狗肉则用麻油先炒了用酒配料煮食，风味绝佳。三婶虽是狗肉烹调家，却从不吃狗肉，她是做子媳的，该做这些事就是了。不但三婶不吃狗肉，在这大家庭里，吃狗肉的人数也不多，三婶曾笑指着我的鼻子告诉我：

"家里虽然说吃狗肉的人数不算多，可也四代同堂呢！你阿太，你阿公，你阿姑，还有你！"

秋来正是吃狗肉进补的时候。其实，从旧历七月以后，家里就不断地收到亲友送来的羊头、羊腿、狗腿这种种的补品了，因为乡人都知道阿台先生嗜此。岂知他的老母、女儿、四岁的小孙女，也是同好呢！

不是和自己亲生儿子在一起，我想唯有吃狗肉的时候，阿太才能得到一点点快乐吧？因为这时所有怕狗肉的家人，都远远地躲开了！

据说有一年，有人送来一窝小肥狗给阿台先生。这回是活玩意儿，三婶再也没有勇气像杀母鸡一样地去宰这一窝小活狗了。阿太看看，没有人为她做这件事，便自己下手了，这就是我的曾祖母著名的自己下手宰狗吃的"残忍"的故事了。

记得有一次我又听母亲和三婶谈这件事的时候，不知哪儿来的一股不平之鸣，我说："如果照我祖父说的，煮鸡酒和煮狗酒没有什么两样的话，那么阿太宰一只狗和你们杀一只鸡也没有什么两样的呀！"

阿太高寿，她是在八十七八岁上故去的，我看见她，是在三岁到五岁的时候，直接的记忆等于零。但是，如果她地下有知的话，会觉得在一个甲子后的人间，竟获得她的一个曾孙女的了解和同情，并且形诸笔墨，该是不寂寞啊！

我的祖母

我的祖母徐氏爱妹的放大照片，就挂在曾祖母画像旁边的墙上。这张虽是老太太的照片，但也可以看出她的风韵，年轻时必定是个美人儿，她是凤眼形，薄薄的唇，直挺的鼻梁。她在照片上的这身衣着，虽是客家妇女的样式，但是和今日年轻女人穿的改良旗袍的领、襟都像呢！

我的祖父林台先生，号云阁，谱名鼎泉，他是林家九德公派下的九世孙。前面说过，他科举时代没有什么名堂，却是打二十一岁起就执教鞭，1916年到1920年，出任头份第三任区长，在纯朴的客家小镇上，是位令人尊敬的长者。在中港溪流域，是以文名享盛誉。他能诗文，擅拟对联，老年间的寿序、联匾，很多出于祖父之笔。我的祖母为林家生了五男五女，除了夭折一男一女外，其余都成家立业，所以在祖父享盛誉的时候，祖母自然也风光了半辈子。

我对祖母知道得并不多，年前玉美姑母到台北来，我笑对也已年近八十的玉美姑母说："我要问你一些你母亲的事，你可得跟我说实话。"因为我常听婶母及母亲说，祖母很厉害,她把四个儿媳妇控制得严严的,但她自己却也是个勤俭干净利落的人。听说,我的曾祖母所以很孤独地到山上去过日子,也和这个儿媳妇有些关系,因为当年的祖母,妻以夫贵,不免有时露出骄傲的神色来吧!而且我听三婶说,她的女儿秀凤自幼送人,也是婆婆的主意。我问玉美姑姑,玉美姑姑很有技巧地回答:"你三婶身体不好嘛!带不了孩子,所以做主张把秀凤送人好了。"其实我又听说,是祖母希望三婶生儿子,所以叫她把女儿送人的。我又问姑姑:"听说祖母很厉害?"姑姑说:"她很能干。"能干和厉害有怎样的差别和程度,是怎么说都可以的。

但是在我的记忆中,祖母却是可爱的,幼年在家乡的记忆没有了,却记得在北平时,我还在读小学三年级的样子,祖父、祖母到北平来了。那时父亲、四叔——祖父的最大和最小的儿子都全家在北平,从遥远的台湾到"皇帝殿脚下"的北平来探亲和游历,又是日据时代,是一件不简单的事,我想那是祖母最最风光的时期了。他们返回台湾不久,四叔就因抗日在大连被日本人毒死狱中。四叔本是祖母最疼爱的儿子,四婶也因是自幼带的童养媳,所以也特别疼。过了两年,祖父独自到北平来,父亲已经因四叔的死,自己也吐血肺疾发。记得祖父住在西交民巷的南屋里,我常听到他的咳声,他似乎很寂寞地在看着《随园诗话》,上面都是他随手所记的批注。等到祖父回台湾,过不久,父亲也故去了。

这时祖父的四个儿子，先他而去了三个，祖父于1934年七十二岁时去世，死时只有一个三叔执幡送终。祖父死后的年月，不要说风光的日子没有了，祖母又遭遇到最后一个儿子三叔也病故的打击，至此满堂寡妇孤儿，是林家最不幸的时期。真是"屋漏偏逢连夜雨"，1936年时，台湾地震，最严重的就是竹南、头份一带。我们这一辈，最大的是堂兄阿烈，他又偏在南京工作，看报不知有多着急，那时家屋倒塌，大家都在地上搭棚住，七十多岁的祖母也一样。后来阿烈哥返台，在一群孤儿寡妇中，他不得不挑起这大家族的许多责任。

阿烈哥说，幸好他考取了当时的放送局，薪水两倍于一般薪水阶级，负起奉养祖母的担子。他也曾把祖母接来台北居住就医过，可是她还是在八十岁上，在祖父死后第十年中风去世了。她死时更不如祖父，四个儿子都已先她而去，送终的只好是承重孙阿烈哥了。

而我们那时在北平，也是寡妇和孤儿，又和家乡断绝音信多年，详细的情形都不知道。只是祖母在我的印象中却是和蔼的、美丽的。

我的母亲

我的母亲是板桥镇上一个美丽、乖巧的女孩，她十五岁上就嫁给比她大了十五岁的父亲，那是因为父亲在新埔、头份教过小学以后，有人邀他到板桥林本源做事，所以娶了我的母亲。

母亲是典型的中国三从四德的女性，她识字不多，但美丽且极聪明，脾气好，开朗，热心，与人无争，不抱怨，勤勉，整洁。这好像是我自己吹嘘母亲是优点说不尽的好女人，其实亲友中，也都会这样赞美她。

母亲嫁给父亲不久，父亲就带着母亲和母亲肚中的我到日本去，在大阪城生下了我。父亲是个典型的大男人，据说在日本，到酒馆林立的街坊，从黑夜饮到天明，一夜之间，喝遍一条街，够任性的了。但是他却有更多优点，他负责任地工作，努力求生存，热心助人，不吝金钱。我们每一个孩子，他管得虽严，却都疼爱。

在大阪的日子，母亲也津津乐道。她说当年她是个足不出户的异国少妇（在别人眼里，只是个十几岁的少女），偶然上街，也不过是随着背伏着小女婴的下女出去走走。像春天，傍着淀川、造币局一带，樱花盛开了，风景很美。母亲说，我们出门逛街，还得忍受身后边淘气的日本小鬼偶然喊过来的"清国奴"这样侮辱中国人的口号，因为母亲穿的是中国服装。

后来父亲要远离日本人占据的台湾，到北平去打天下，便先把母亲和三岁的我送回台湾。在客家村和板桥两地住了两年，才到北平去的。母亲以一个闽南语系的女人嫁给客家人，在当时是罕见的。母亲缠过足，个子又小，而客家女性大脚，劳动起来是有力有劲的。但是娇小的母亲在客家大家庭里仍能应付得很好，那是因为母亲乖，不多讲话。她说妯娌们轮流烧饭，她一样轮班，小小的个子，在乡间的大灶间，烧柴、举炊，她都得站在一个矮凳上才够得到，但她从不说苦。不说苦，也是女性的一种德行吧，我从未见母亲喊过苦，这样的德行在潜移默化中，也教给了我们姊弟做人的道理。像我，脾气虽然急躁，却极能耐苦，这一半是客家人的本性，一半也是得自母亲。

父亲去世前在北平的日子，是最幸福的，但自父亲去世（母亲才二十九岁），一直到我成年，我们从来都没有太感觉做孤儿的悲哀，是因为母亲，她事事依从我们，从不摆出一副苦相，真是所谓"在家从父，出嫁从夫，夫死从子"了。

我的母亲常说这样两句台湾谚语，她说："一斤肉不值四两葱，一斤儿不值四两夫。"意思是说，一斤肉的功用抵不过四两葱，一斤儿子抵不过四两丈夫。用有实质的重量来比喻人伦，实在是很有趣的象征手法。我母亲也常说另一句谚语："食夫香香，食子淡淡。"这是说，妻子吃丈夫赚来的，是天经地义，没有话说，所以吃得香；等到有一天要靠子女养活时，那味道到底淡些。这些话表现出我的母亲对一个男人——丈夫的爱情之深、之专。

现在已婚妇女,凑在一起总是要怨丈夫,我的母亲从来没有过。甚至于我们一起回忆父亲时,我如果说了父亲这样好那样好,母亲会很高兴地加入说;如果我们忽想起爸爸有些不好的地方,母亲就一声也不言语,她不好驳我们,却也不愿随着孩子回忆她的丈夫的缺点。

我的母亲十五岁结婚,二十九岁守寡,前年八十一岁去世。在讣闻里,我们细数了她的直系子、孙、媳婿等四代四十多人,没有太保太妹,没有吃喝嫖赌不良嗜好的。母亲虽早年守寡,却有晚年之福。

在这妇女节日,写三位旧时女子——我的曾祖母、祖母、母亲,无他,只是想借此写一点中国女性生活的一面和她们不同的身世。但有一点是相同的,无论她们曾受了多少苦,享了多少福,都是活到八十岁以上的长寿者。

婆婆的晨妆
——缠足和篦发

五十多年前,我初结婚时,婆母常跟儿媳妇们谈起她做儿媳妇时代的生活,曾很感慨地说:"那时候儿媳妇不好做呀!要起五更梳头,早起三光,迟起慌张嘛!"她又告诉我们,所谓三光是头、脸、脚。早起早梳洗,迟起误了到婆婆屋去请安的时辰,是有失礼貌的。

那时梳头、缠足是费时的化妆。婆婆是缠足,我们知道她每天临睡前洗脚、缠足,总要弄到半夜才入睡。先是仆妇给她准备了几壶开水,她把开水灌入一个高脚的木盆里,慢慢烫洗。我们可以想象散开裹了一天缠脚布的脚,是多么紧疼!如今可得好好泡泡,松快松快了。洗好擦干之后,还得在足缝里撒上"把干"的滑石粉之类,这才穿上睡鞋、睡袜上床。

我的母亲也是缠足,但是四五岁缠足,到了十岁样子就放足了。这倒要拜日本侵台之"功",他们禁止妇女缠足,所以母亲放了足,但是脚底的骨头已经折断,她有时表演给我们看,用手握住脚背凹弯下去,中间竟是折叠的。

中国妇女缠足在唐以前是没有的,据说是起于南唐李后主:"后主有宫嫔窅娘,纤丽善舞,乃命作金莲,高六尺,饰以珍宝绡带缨络,中作品色瑞莲,令窅娘以帛缠足,屈上作新月状,着素袜,行舞莲中,回旋有凌云之态。由是人多效之,此缠足所自始也。"(摘自《闲情偶寄》中附录余怀之作)。唐以前的诗人墨客所写作品中形容妇女足美的,如李太白诗云:"一双金齿屐,两足白如霜。"韩致光诗云:"六寸肤圆光致致。"杜牧之诗云:"钿尺裁量减四分。"《汉杂事秘辛》云:"足长八寸,胫跗丰妍。"都指的是没缠过的天足。

好在这一千多年前的缠足之俗,到20世纪的现在,已经全都消灭。生在现代,我们真是幸福的。

再谈婆婆的另一晨妆——梳头。这也是很重要的,三光之一嘛!

婆婆早晨起来,洗过脸后,就会拿出她的梳头匣子,肩头上披一块布,把头髻拆散,让头发披散下来,梳头、抿油、绾髻、别金簪，完成梳头的程序。然后再在脸部擦面霜、白粉，这时三光完成了，只等我们到堂屋向她"请安"，其实就是带孩子去叫"奶奶"。奶奶会把早预备好的糖果拿出来，说一声："乖！"塞在孙儿们的手里，我也会叫一声："娘！我上班去了。"（我也是三光：烫发卷儿、胭脂粉儿、高跟鞋儿。）把孩子撂在堂屋，等仆妇收拾完屋子下来带走。这时三光已毕的奶奶早坐在堂屋里的太师椅上抽水烟袋了。

所谓堂屋，是一家之主婆婆的起居室（living room），也是我们这几十口人大家庭的生活中心。婆母从早便坐镇堂屋，不论是出去的、回来的、办公的、上学的，丈夫、姨太太……出出入入，各房头要商量什么事，或是晚上闲聊，都在这里，她都看得见。我们结婚初期，尚未分炊，所以饭厅也在这里，吃大锅饭的时候，饭桌上就是交换消息的地方。说实话，我很怀念这婚后前几年的生活。

我不是说婆婆已经梳洗三光完毕了吗？但是她下午有时会在堂屋里，或天气好在宽大的前廊下，坐在藤椅上，又披散了头发，把它们由脑后拢到右前边来，用篦子篦头发。篦发也是梳发的一种，但用具不同，篦子和梳子是两种梳具，可以这么说：疏者叫梳，密者叫篦。就叫它们是梳子的姊儿俩吧！篦子的形状、质料和梳子都有不同。梳子的质料，有木的、竹的、玉的、角的、金的、银的、珐琅的、铜的等，但是篦子的质料却只有竹的，因为它们的作用不同。梳子除了梳头以外，还可以当头上的装饰品，就是现代中外妇女的发饰，也还有用梳子的，而篦子只有一项用途——篦头发，是专为了去发垢，如头上发间的头皮、油垢、尘灰等。

你也许会说，头发脏了就洗嘛！但是要知道，旧时妇女是不太洗头发的，怕洗多了受凉得头风呀！所以旧时连婴儿小孩都不洗头而只篦头发的。

我看婆婆用篦子从头顶一绺一绺地篦下来，动作很有韵律的呢！

那篦子也不是直接用，要把撕薄了的棉花塞在篦子上一排，等篦好了头发，再把棉花剔下来，污垢随着棉花下来扔掉，一点儿都不会留在篦子上，篦子仍是干净的。我婆婆虽已经发白又秃，还是这么篦头而不洗头，正如我读到杜甫某诗中有两句"耳聋须画字，发短不胜篦"的情形一样。

我还见到一种小篦子，只有平常的一半大，原来那是给男人篦胡子用的。把它和耳挖子、打火机、修指刀、牙签、小放大镜、眼镜盒、烟袋、烟、手帕、小镜子、钱袋等男人身边用品都挂在腰间带子上，很有趣。

《水浒传》里曾读到有"篦头铺"一词，就是现在的理发店呢！

我在李笠翁的《闲情偶寄》中《修容篇》的"盥栉"一章中读到一小段他对用篦子的看法，颇有见解。他是这么说的:"善栉不如善篦,篦者,栉之兄也。发内无尘,始得丝丝现相,不则一片如毡,求其界限而不得,是帽也,非髻也,是退光黑漆之器,非乌云蟠绕之头也。故善蓄姬妾者,当以百钱买梳,千钱购篦。篦精则发精,稍俭其值,则发损头痛,篦不数下而止矣。篦之极净,便便用梳。而梳之为物,则越旧越精。'人惟求旧,物惟求新。'古语虽然,非为论梳而设。求其旧而不得,则富者用牙,贫者用角。新木之梳,即搜根剔齿者,非油浸十日,不可用也。"

这样看来,我们老祖母头上的三千烦恼丝,可也不简单哪!

黄昏对话

秋很高，黄昏近了，她的颜色像浓红的醇酒，使人沉醉。我在这时思想游离了，想到西山的红叶，但是沉醉在这个黄昏下的，却是摇曳的大王椰子。绿色的椰叶上蒙着一层黄昏的彩色，她轻轻地摇摆着。

妈妈不知在什么时候穿过摇摆的椰树来了。

妈妈的银发越来越多了，它们不肯服帖在她的头上，一点小风就吹散开，她用手拢也拢不住。她进来一坐下就说：

"我想起那个名字来了。"

她的牙齿也全部是新换的，很整齐，但很不自然地含在嘴里，使得她的嘴形变了，没有原来的好看，一说话也总要抿呀抿的。我说：

"什么名字呀？"

她脱掉姻伯母修改了送给她的旧大衣，流行的样子，但不合妈妈的身材。她把紫色的包袱打开，拿出一个纸包来：

"刚蒸的，你吃不吃？我早上花了一盆面，用你们说的那种花混。"她递给我一个包子，还温热，接着又说，"就是那个，一种花的名字。"

她想了想，又忘了。

我把包子咬了一口，刚要说什么，美丽过来了，她说：

"婆婆，你别说花混好不好！你说发粉，你说，婆，你说——发粉。"

妈妈笑了笑，费力地说："花、混。"她知道还是没说对，哈哈笑了，"别学我好不好？"

"你不是说你是老北京吗？"美丽又开婆婆的玩笑。

"北京人对婆婆说话要说您，不能你你你的。只有你哥哥还和我说您。"

"我哥哥是马屁精，他想跟你要舅舅的旧衣服穿，就叫您您您的！"美丽说完跑掉了，妈妈想拍她一下也没拍着。

我想起来了，又问：

"您到底说的什么花的名字呀？"

"对了，"妈妈也想起来了，"就是你那天说你爸爸喜欢种的，台湾话叫煮饭花，北京人叫什么来着，瞧我又忘了。"

"再想想。"

"想起来了,"妈妈高兴地又抿抿嘴,"茉莉花。"

"茉莉花?怎么也叫茉莉花呢?茉莉花是白的,插在头上,或是放在茶叶里的呀!"

"就是也叫茉莉花,一点不错。"

"台湾话为什么叫煮饭花呢?"

"要煮饭的时候才开的意思。"

"那也是在该煮晚饭的时候。可不是,爸爸每天下班回来,从外院抱着在门口迎接他的燕生呀、阿珠呀,高高兴兴地进来了,把草帽向头后一推,就该浇花了。这种茉莉花的颜色真多,我记得还有两色的,像黄的上面带红点,粉红的上面带紫点,好像这里的啼血杜鹃花。"

"你记不记得这种花结的籽?"

"怎么不记得,黑色的,一粒粒像豌豆那么大,掰开来,里面是一兜粉,您说可以搽的。可以搽吗?您搽过吗?"

"可以搽,可是我没搽过。"

"您搽粉也真特别,总是不用粉扑,光用手抹了粉往脸上来回搽着,那是为什么?"

"用手搽混,比混扑还好用哪!"妈妈的"混"又来了。

"那您现在怎么又不用手了呢?"

"现在的混扑好用呀!"

妈妈说着就用手往脸上来回搓了一遍,这是她平常的习惯,这样搓一遍,脸上好像舒服了。我看着她的皮肤在这几年松弛多了,颈间的皮,在箍紧的领圈里挤出来,一下子就使我想到"鸡皮鹤发"这四个字上去。妈妈大概也在想什么,黄昏的浓酒的颜色更浓了,它的余晖从墙外,从树隙中穿过来,照在廊下的玻璃上,妈妈坐在那旁边,让黄昏笼罩在她的银发上,使我想到茉莉花池旁妈妈的年轻时代。不知道妈妈在想什么?会在想我的婴孩时代吗?偎在她的怀里吃奶?梳紧了我的一根又黄又短的小辫子?为了被猫叼去的小油鸡在哭泣?为了不肯上学被爸爸痛打?但是妈妈这时微笑说:

"你爸爸能把一挑子花都买下来,都没地方种了,就全栽在后院墙脚下,你记得吧?"

又是爸爸的花!

"我记得,后面那个没人去的小小、小小的院子,顺墙还种了牵牛花呢!到了冬天,花盆都堆在空屋里,客厅里又换了从厂甸买来的梅花,对不对?"

妈妈点点头。

我又想起来了:"好像爸爸的花,您并不管嘛!"在我的印象中,没有妈妈浇花、种花的姿态,她只是上菜场,买这样买那样,做了给爸爸吃,他还要吹毛求疵,说妈妈这样那样弄不好。只有一回妈妈不管了,因为爸爸宰了一只猫吃。我说:

"您记得爸爸宰猫的事吧?"

"哼!"妈妈皱皱鼻子,好像还闻得见三十多年前的猫腥味儿,"你的太婆,就曾自己宰过一只小狗吃,因为没有人敢宰。"

太婆自己宰狗吃的故事,我听过好几次了,就是爸爸宰猫的事,我也记得很清楚,而且我也是吃猫的当事人之一,但是我喜欢再谈到它,好像重温功课一样,一遍比一遍更熟悉我的童年,虽然它越过越远。

"爸爸怎么想起要吃猫来啦?"我问。

"也巧,虎坊桥厨房的房顶上有个天窗,你记得吧?原来没有糊纸的,那次糊房子就给糊上了一层纸,刚好一只又肥又大的野猫踏了空,便从天窗掉下来,跌得半死,你爸爸立刻想到宰了吃。"

"我记得是车夫老赵帮着弄的。"

"是嘛!猫皮扒下来,老赵还拿去卖钱呢!"

"那锅肉怎么煮的?"

"像红烧肉一样红烧的呀!切了块儿。"

"哎哟!"我耸耸肩,咧咧嘴,表示怪恶心的样子,但是妈妈笑了:

"你还哎哟哪!你吃得香着哪!只有你爸爸、你和你弟弟吃。我们可是离得远远的!"

是受了爸爸这方面籍贯的遗传吧,我们的祖先是来自狗猫猴蛇都吃的那个省份,说是最讲究吃,其实多少还带点儿野性。

"后来呢?"其实结果我早知道,但是还要听妈妈讲一遍。

"后来那只锅,怎么洗,我也恶心,老有一股味道,我就把它扔掉了。"

"猫肉什么味儿?"我问妈。

"你吃过的呀!"

"可是早忘了。"

"是酸的,听说。"

妈妈站起来,扑掸着落在身上的香烟灰。她又点起了一支香烟。

黄昏越来越浓了。美丽过来,捻开电灯,屋里亮了,屋外一下子跌入黑暗中。

美丽说:"婆婆,你在这里吃饭吧,天都黑了。"

"我在这里吃饭?你舅舅呢,那你舅舅回家吃什么?"

"讨厌的舅舅,谁教他不快结婚!"

妈妈坚持要走,她走过去收那块紫色的包袱,发现她带来的包子被三个女孩子吃光了,她说:

"也不懂给你爸爸留,我特别做的冬笋下。"

"婆婆,读'馅儿',不是'下'!"然后她们打开了冰箱,"看!"

妈妈看见里面留着的还有,安心地笑了。

妈妈穿起那件不合体的大衣,走到院子里,黄昏的风又吹开她的银发。我想说,拿发卡卡上吧,但是三个女孩子已经拥着妈妈走出门去了。

平凡之家

感谢朋友们的关怀,她们的来信总是关心到我的生活:"真难为你拖儿带女的","不用人还拖着三个孩子","既不用人又要写文章"……大概我在不曾见面,或者久不见面的朋友想象里,该是一个一天到晚愁眉苦脸,加上一肚子牢骚的女人,拖着三只丑小鸭,站在灶边,一顿又一顿,做着烧饭的奴隶,岂不是一个"准平凡"的女人吗?

说起平凡的生活,我确是一个乐于平凡的女人,朋友们都奇怪我在这两间小木房里,如何能造成康乐的地步?我却以为古人能够"一箪食,一瓢饮,在陋巷",而不改其乐,我怎么就不能在这十叠半席的天地里自得其乐呢?西谚有云:"听不见孩子哭声的,不算是完整的家。"那么我对于儿女绕膝的福分,还不应当满足吗?在我们的小家庭里,我的女高音从来是压不住孩子们的三部合唱。有时候我要跟他谈几句话,竟会被正在高谈阔论的小女儿喝道:"妈妈不要插嘴!"我们的平凡生活里,孩子是主要的成分呢!

我读过许多描写得有如琼楼玉宇的"吾庐"文章,看看别人所描绘的家,对于并不属于我的十叠半的"吾庐"就更不敢献丑了,但是正如梁实秋先生对他在四川居住的"雅舍"所说:"我不论住在哪里,只要住得稍久,对那房子便发生感情,非不得已我还舍不得搬……纵然不能蔽风雨,'雅舍'还是自有它的个性。有个性就可爱。"我最初搬到这十叠半来的时候,心情之沉重,难以形容,看着堆在壁橱里的十五公斤行李,想起北平扔下的一大片,真要令人闷绝,怕他骂我想不开,夜里钻在被窝里,不知淌了多少眼泪!但是两年住下来,就犯了北平人的懒脾气。最近听说他的机关有把我们全家配到一栋多出两叠的房子去,自幽谷迁于乔木,可喜可贺,但是我和他反而留恋起两年厮守的这两间木屋来了,母亲还以为我是舍不得曾投资于修理厨房的两包水泥呢!

今日阳光照在书桌上,觉得格外温暖,我忽然想起这两年来,在这十叠半的天地里,实在是健康多过病弱,快乐多过忧愁,辛勤多过懒散,接待过许多徘徊台北的朋友,有过多少次的夜谈之乐,这一切怎不使人对这木屋的情趣留恋呢!

我们的生活情趣重于快乐的追求,有人说我们该是没有理由快乐的家庭,丈夫是一个自甘淡泊的人,因之我们的生活也就来得紧张些,但是我们在紧张中却不肯牺牲"忙里偷闲"的享受。张潮《论闲与友》里说:"人莫乐于闲,非无所事事之谓也。闲则能读书,闲则能游名胜,闲则能交益友,闲则能饮酒,闲则能著书。天下之乐,孰大于是?"然则快乐的心情,却要自己去体味。有人看我们在孩子们熟睡后,竟敢反锁街门跑去看一场电影,替我们捏一把汗,说是台湾的小偷闹得很凶,可是我们仍不愿放弃儿辈上床后的这一段悠闲的时间,夜读、夜写、夜谈、夜游,都是乐趣无穷的。有时候夜读疲倦,披衣而起,让孩子们在梦中守家,我们俩到附近的夜市去吃一碗担仔面,回来后如果高兴的话,也许摊开稿纸,把瞬间所引起的情感记在上面。

把一切归罪于"贫穷",是现代生活里人们常有的心情,我却以为应当体味我在《祖母的精神生活》一书中所说的祖母的人生观:

"孤独不算孤独,贫穷不算贫穷,软弱不算软弱,如果你日夜用快乐去欢迎它们,生命便能放射出像花卉和香草一样的芬芳——使它更丰富,更灿烂,更不朽了——这便是你的成功。"

捉住光阴的实际,快乐而努力地过下去,不做无病呻吟,一个平凡女人的平凡生活,如此而已。

小林的伞

今天早晨细雨蒙蒙,他待要出门,打开这柄被称作"小林"的伞,发现伞骨离开伞轴,再也不能"支持"了。他绷着一张铁青的脸望着我。

"又是孩子们玩坏了我的伞?"我因为最怕看他那副嘴脸,所以尽管低头伏在书桌上,用笔在空白稿纸上乱涂着,随口漫应:"不知道。""不知道?"我知道他对于我的答复已怒不可遏,竟气哼哼地出门而去。

讲到小林的伞。就得从我们的恋爱讲起。在我们的恋爱史上,伞是我们爱情的插曲。

最初,他有一把相当考究的黑绸伞,是他的哥哥从法国留学归来，赠给他的"剩余物资"之一，其他包括一个网球拍、一个熨衣板、一件浴衣和几张巴黎裸女画片。他常常带着这把伞来找我，我的淘气的妹妹们也常常惊奇又玩笑地说："带伞干吗？"他便会指着天上一片小小的乌云，正正经经地说道："恐怕会下雨！"但是去过北平的人都知道，雨伞和雨衣并不太需要，因为在大雨倾盆的时候，根本就要停止行动，而北平又难得下一次毛毛雨的。他那种伞，在我的印象里，只有"多雾伦敦"的英国人才常常举着的。常常是这样，临到我们要出门，偏偏天不作美，一块乌云遮住阳光，他便要戴上近视眼镜到院子里，向天空的西北角上望之不已，然后回到屋里来，郑重其事地从屋角取出这把黑绸伞，和我的手提包放在一起，免得忘记一同带去。唉！我们时常在一场电影看完，出来一看，竟是阳光普照！我们三个：他、伞及我，便手挽手又手挽伞，别别扭扭地走成一字排，在阳光之下散步于王府井。最糟糕的是在电影院里，它挤在我们俩座位中间，动辄得咎，碰过来碰过去都是那把又弯又长的大伞柄在作祟！

有一次，又碰到阴霾满布的天气，他当然又坚持要带着伞出去。我说敢打赌不会遇到雨的，他说："未雨绸缪，带着总比不带强，万一下雨呢！免得淋成落汤鸡！"我实在不能忍受了，说："万一下雨，我也宁可淋成落汤鸡！"他尚在犹豫，我最后补充了一句："有伞无我！"他才悻悻然把那伞儿收去!

在许多公共场合的衣帽间里,也常常有它的踪迹,真是"人皆取衣我取伞"!但不幸的是在某次友人的结婚典礼上,这把法国名伞竟不幸被茶房给错了客人,换来一柄破旧的黑布伞。那天赶巧真的有点儿雨,我们俩躲在这把破伞下,他默然不语。他心里一定在盘算着:登个寻失广告吧,未免被人贻笑小题大做,和茶房发脾气吧,实在也无济于事,丢了又真可惜。这把破伞不久便流落到下房去,派给老妈子买菜上茅房用了。

抗战胜利以后,日侨遣归,遗下许多东西,我们成天价逛小市儿,捡便宜货。想一想,我们打胜了仗还买人家的剩东西,也说不清心里是什么滋味儿!这把"小林"的伞便是在东单小市上买来的。他希望再得到一把新的那种"英国绅士"味儿的伞的心,不知有多久了,所以当他在那个低头斋发现了这把九成新的伞以后,那种爱不忍释的样子,立刻就使卖主拿出"一买三不卖"的架势来。他把玩良久,最后在伞柄上发现两个字:"小林"——我的学生时代的外号,所以他更高兴了:"看,你的伞!"小林的伞便在"货高价出头"之下,属于我们了。

我还记得当晚我们臆测"小林"这个日本人,我们猜,小林也许是个学者吧?矮矮的个子,穿着黑西服,皮带系在肚脐眼儿以下的那种日本人。或许是个军阀?不,绝不会,一个日本军阀不会有持伞的习惯的。不管他是干什么的吧,怎么回国连伞都不带走呢?他很惋惜地为小林,当然也很侥幸地为自己。

小林虽然没有把伞带回日本去,他却把"小林"的伞漂洋过海,经海陆空三路带来台湾了。我是先一步到台湾的,一个月后他才来。十五公斤的行李还在基隆,他却举着小林的伞到台北来了。一进门,孩子们喊经月不见的爸爸,又惊奇地喊道:

"妈妈!看爸爸只带一把伞来!"

他这时也有些难为情,指指伞说:

"带它好不容易啊!箱子里装不下,铺盖卷儿里卷不下,所以我从北平一路拿到台湾来,喝喝!"

当然,在飞机上他可能用腿紧紧地夹着它,在船舱里他也可能和它睡在一起呀!

多雨台湾,他的伞总算有了出路,出门带得更勤了。不过两年的工夫,小林的伞已经五劳七伤,修修补补不知多少次了,这次实在是无可救药了!记得小林的伞刚买来的时候,我曾为文小记,如今寿终正寝更不免要祷祭一番了。更庆幸的是,伞虽破不足惜,我们的爱情却老而弥坚呢!

书 桌

窥探我家的"后窗",是用不着望远镜的。过路的人只要稍微把头一歪,后窗里的一切,便可以一览无遗。而最先看到的,便是临窗这张触目惊心的书桌!

提起这张书桌,很使我不舒服,因为在我行使主妇职权的范围内,它竟属例外!许久以来,他每天早上挟起黑皮包要上班前,都不会忘记对我下这么一道令:

"我的书桌可不许动!"

这句话说久了真像一句格言,我们随时随地都要以这句"格言"为警惕。

对正在擦桌抹椅的阿彩,我说:"先生的书桌可不许动!"

对正在寻笔找墨的孩子们，我说："爸爸的书桌可不许动！"

就连刚会单字发音的老四都知道，爬上了书桌前的藤椅，立刻拍拍自己的小屁股，嘴里发出很干脆的一个字："打！"跟着便赶快自动地爬下来。

但是看一看他的书桌在继续保持"不许动"之下，变成了怎样的情形！

书桌上的一切，本是代表他的生活的全部，包括物质的与精神的。他仰仗它，得以养家糊口；他仰仗它，达到写读之乐。但我真不知道当他要写或读的时候，是要怎样刨开了桌面上的一片荒芜，好给自己展开一块耕耘之地。忘记盖盖的墨水瓶、和老鼠共食的花生米、剔断的牙签、眼药瓶、眼镜盒、手电筒、回形针、废笔头……散漫地布满在灰尘朦胧的"玻璃垫上"！另外再有便是东一堆书，西一叠报，无数张的剪报夹在无数册的书本里。字典里是纸片，地图里也是纸片。这一切都亟待整理，但是他说："不许动！"

不许动，使我想起来一个笑话：一个被汽车撞伤的行人呻吟路中，大家主张赶快送医院救治，但是他的家属却说："不许动！我们要保持现场等着警察来。"不错，我们每天便是以"保持现场等着警察来"的心情看着这张书桌，任其脏乱！

窗明几净表示这家有一个勤快的主妇，何况我尚有"好妻子"的衔称，想到这儿，我简直有点儿冒火儿，他使我的美誉蒙受污辱，我决定要彻底地清理一下这书桌，我不能再等着警察了。

要想把这张混乱的书桌清理出来，并不简单，我一面勘查现场一面运用我的智慧。怎样使它达到清洁、整齐、美观、实用的地步呢？因为除了清洁以外，势必还得把桌面上的东西分门别类地整理一下，使物各就其位，然后才能有随手取用的便利，这一点是要着重的。

我首先把牙签盒送到餐桌上，眼药瓶送回医药箱，眼镜盒应当摆进抽屉里，手电筒是压在枕头底下的，这是第一步。第二步就轮到那些书报了，应当怎么样使它们各就其位呢？我又想起一个故事：据说好莱坞有一位附庸风雅的明星，她买了许多名贵的书籍，排列在书架上，竟是以书皮的颜色分类的，多事的记者便把这件事传出去了。但是我想我还不至于浅薄如此，就凭我在图书馆的那几年编目的经验，对于杜威的十进分类法倒还有两手儿。可是就这张书桌上的文化，也值得我小题大做地把杜威抬出来吗？

待我思索了一会儿以后，决定把这书桌上的文化分成三大类，我先把夹在书本里的剪报全部抖搂出来，剪报就是剪报，把它们合成一叠放进一个纸夹里，要参考什么资料，打开纸夹随手取用，便利极了。字典和地图里的纸片是该送进字纸篓的，我又把书本分中西高矮排列起来，整齐多了。至于报纸,留下最近两天的,剩下都跟酱油瓶子一块儿卖出去了,叫卖新闻纸酒干的老头儿来得也正是时候。

这样一来,书桌上立刻面目一新,玻璃垫经过一番抹擦,光可鉴人,这时连后窗都显得亮些,玻璃垫下压着的全家福也重见天日,照片上的男主人似对我微笑,感谢贤妻这一早上的辛劳。

他如时而归。仍是老规矩,推车、取下黑皮包、脱鞋、进屋、奔向书桌。

我以轻松愉快的心情等待着。

有一会儿了,屋里没有声音。这时我并不稀奇,我了解做了丈夫的男人,一点残余的男性优越感尚在作祟,男人一旦结婚,立刻对妻子收敛起赞扬的口气,一切都透着应该的神气,但内心总还是……想到这儿,我的嘴角不觉微微一翕,笑了,我像原谅一个小孩子一样地原谅他了。

但是这时一张铁青的瘦脸孔,忽然来到我的面前:

"报呢?"

"报?啊,最近两天的都在书桌左上方。旧的刚卖了,今天的价钱还不错,一块四一斤,还是台斤。"

"我是说——剪报呢?"口气有点儿不对。

"剪报,喏,"我把纸夹递给他,"这比你散夹在书报里方便多了。"

"但是,我现在怎么有时间在这一大叠里找出我所要用的?"

"我可以先替你找呀!要关于哪类的?亚盟停开的消息?亚洲排球赛输给人家的消息?还是关于联邦德国独立?或者越南的?"我正计划着有时间把剪报全部贴起来分类保存,资料室的工作我也干过。

但是他气哼哼地把书一本本地抽出来,这本翻翻,那本翻翻,一面对我沉着脸说:"我不是说过我的书桌不许动吗?我这个人做事最有条理,什么东西放在什么地方,都是有一定规矩的,现在,全乱了!"

世间有些事情很难说出它们的正或反:有人认为臭豆腐的实际味道香美无比,有人却说玉兰花闻久了有厕所味儿!正像关于书桌怎样才算整齐这件事,我和他便有臭豆腐和玉兰花的两种不同看法。

虽然如此,我并没有停止给他收拾书桌的工作,事实将是最好的证明,我认为。

但是在两天后,他却给我提出新的证明来。这一天他狂笑地捧着一本书,送到我面前:"看看这一段,原来别人也跟我有同感,事实是最好的证明!哈哈哈!"他的笑声要冲破天花板。

在一篇题名《人人愿意自己是别人》的文章里,他拿红笔勾出了其中的一段:

"……一个认真的女仆,绝不甘心只做别人吩咐于她的工作。她有一份过剩的精力,她想成为一个家务上的改革者。于是她跑到主人的书桌前,给它来一次彻底的革新,她按照自己的主意把纸片收拾干净。当这位倒霉的主人回家时,发现他的亲切的杂乱已被改为荒谬的条理了……"

有人以为——这下子你完全失败了,放弃对他的书桌彻底改革的那种决心吧!但人们的这种揣测并不可靠,要知道,我们的结合绝非偶然,是经过了三年的彼此认识,才决定"交换饰物"的!我终于在箱底找出了"事实的更好的证明"——在一束陈旧的信札中,我打开来最后的一封,这是一个男人在结束他的单身生活的前夕,给他的"女朋友"的最后一封信,我也把其中的一段用红笔重重地勾出来:

"……从明天起,你就是这家的主宰,你有权改革这家中的一切而使它产生一番新气象。我的一向紊乱的书桌,也将由你的勤勉的双手整理得井井有条,使我读于斯,写于斯,时时都会因有你这样一位妻子而感觉到幸福与骄傲……"

我把它压在全家福的旁边。

结果呢?——性急的读者总喜欢打听结果,他们急于想知道现在书桌的情况,是"亲切的杂乱"呢,还是"荒谬的条理"?关于这张书桌,我不打算再加以说明了,但我不妨说的是,当他看到自己早年的爱情的诺言后,是用罕有的、温和的口气在我耳旁悄声地说:"算你赢,还不行吗?"

教子无方

母亲骂我不会管教孩子,她说我:"该管不管!"我也觉得我的儿童教育有点儿特别。

刚下过雨,孩子们向我请求:

"让我们光脚去玩,好不好?"

我满口答应,孩子们高兴极了,脱下板板,卷起裤腿儿,三个一阵呼啸而去。母亲怪我放纵,她说满街雨水,不应当让孩子们光脚去蹚水。我回答母亲:"蹚水是顶好玩儿的事,我小的时候不是最爱蹚水吗?"母亲只好骂我一句:"该管不管!"

我们的小家庭里,为孩子的设备简直没有,他们勉强算是有一间三叠的卧室,还要匀出我放小书桌和缝衣机的地盘来。还有三个抽屉归他们每人一个,有时三个孩子拉出抽屉来摆弄一阵子,里面也无非是些碎纸烂片破盒子。他们只有一盒积木算是比较贵重的玩具,它的来历是:

儿童节的头一天,大的从高级班同学那里借来全套"童子军"武装,我家务忙,没顾得问他,所以,第二天一早,他穿上"童子军"武装就没了影儿。到了晌午,只见他笑嘻嘻满载而归,发了邪财似的,摆了一桌子文房四宝——笔墨纸砚什么的,还大大方方地赏了妹妹们一盒积木。问他到哪儿去了,他这才踌躇满志,挺着胸脯说:

"今天儿童节,我代表学校到教育厅'接见'厅长去了。这些全是他赏的。"

我们一听,非同小可,午饭多给了他一块排骨啃。整个晚上大家都拿"'接见'厅长"当题目谈笑。

就是这样,我们既没有游戏室,又没有时间带他们到海滨去度周末,蹚蹚街上的雨水,就好比我们家门前是一片海滩,岂不很好?而且他们蹚着水最快乐,好像我的童年一样——说实话,到今天我都不爱打伞、穿雨衣,让雨淋满身、满头、满脸,冰凉凉最舒服。

我记得童年时候,喜欢做许多事情都是爸妈所不喜欢的,因为他们不喜欢,我便更喜欢,所以常常要背着他们做。我和二妹谈起童年的淘气,至今犹觉开心。我们最喜欢听到爹妈不在家的消息，因为那时候我们便可以任意而为，比如扯下床单把瘦鸡子似的五妹包在里面，我和二妹两头儿拉着，来回地摇，瘦鸡子笑，我们也笑，连管不了我们的奶妈都笑起来了（可见她也喜欢淘气）。笑得没了力气，手一松，床单裹着人一齐摔到地下，瘦鸡子哇地哭了，我们更笑得厉害，虽然知道爸爸回来免不了吃一顿手心板。

雨天无聊，孩子们最喜欢爬到壁橱里去玩，我起初是绝对不许的，如果他们趁我买菜时候爬到里面去，回来一定会挨我一顿臭骂。有一次我们要出门，二女儿问爸爸：

"妈妈也出去吗？"

爸爸说："是的。"

二女儿把两条长辫子向后一甩，拍着小手儿笑嘻嘻地向三女儿说：

"妈妈也出去，我们好开心！"

我正在房里换衣服，听了似有所悟，他们像我一样吗？喜欢背着爸妈做些更淘气的"勾当"？我的爸妈那样管束我，并没有多大效力，我又何必施诸儿女？这以后，我便把尺度放宽，甚至有时帮助他们把枕头堆起来，造成一座结结实实的堡垒抵御敌人，枕头上常常留有他们的小泥脚印。母亲没办法，便只好又骂我："该管不管！"我心想，他们的淘气还不及我的童年一半呢？

成年人总是绷着脸儿管教孩子，好像我们从未有过童年,不知童年乐趣为何物何事。有一天我正伏案记童年,院里一阵骚动,加上母亲唉唉叹声,我知道孩子们又惹了祸,母亲喊:"你来管管。"我疾步趋前,喝!三个丑小鸭一字儿排开,站在那里等候我发落。只见三张小脸儿三个颜色:我的小女儿一向就是"娇女儿泪多",两行泪珠挂在她那"灵魂的窗户"上,闪闪发光;大女儿的脸上涂着"迷死弗多"口红,红得像台湾番鸭的脸;那老大,小字虽然没写完,鼻下却添了两撇人丹胡子。一身的泥,一地的水。不管他们惹了什么样的祸,照着做母亲的习惯,总该上前各赏一记耳光,我本想发发脾气,但是看着他们三张等候发落的小花脸儿,想着我的童年,不禁哑然失笑。孩子们善观气色,便也扑哧哧都笑起来,我们娘儿四个笑成一团。母亲又骂我:"该管不管!"我也只好自叹"教子无方"了。

鸭的喜剧

"好,被我发现了!"

尖而细的声音从厨房窗外的地方发出来,说话的是我们那长睫毛的老三。俗话说得好:"大的傻,二的乖,三的歪。"她总比别人名堂多。

这一声尖叫有了反应,睡懒觉的老大,吃点心的老二,连那摇摇学步的老四,都奔向厨房去了。正在洗脸的我,也不由得向窗外伸了头,只见四个脑袋扎作一堆,正围在那儿看什么东西。啊,糟了!我想起来了,那是放簸箕的地方,昨天晚上……

"看!"仍然是歪姑娘的声音,"这是什么?橘子皮?花生皮？还有……"

"陈皮梅的核儿！"老大说。

"包酥糖的纸！"老二说。

然后四张小脸抬起来冲着我，长睫毛的那个，把眼睛使劲挤一下，头一斜，带着质问的口气："讲出道理来呀！"

我望着正在刮胡子的他，做无可奈何的苦笑。我的道理还没有编出来呢，又来了一嗓子干脆的：

"赔！"

没话说，最后我们总算讲妥了，以一场电影来赔偿我们昨晚"偷吃东西"的过失，因为"偷吃东西"是我们在孩子面前所犯的最严重的"欺骗罪"。

我们喜欢在孩子睡觉以后吃一点东西，没有人抢，没有分配不均的纠纷。在静静的夜里，我们一面看着书报，一面剥着士林的黄土炒花生，窸窸窣窣，好像夜半的老鼠在字纸篓里翻动花生壳的声音。

我们随手把皮壳塞进小几上的玻璃烟缸里，留待明天再倒掉。可是明天问题就来了，群儿早起，早在仆妇打扫之前，就发现塞满了的烟缸。

"哪儿来的花生皮？"我被质问了，匆忙之间拿了一句瞎话来搪塞，"王伯伯来了，带了他家大宝，当然要买点儿东西——给他吃呀！"我一说瞎话就要咽唾沫。

但是王伯伯不会天天带大宝来的，我们的瞎话被揭穿了,于是被孩子们防备起"偷吃东西"来了。他们每天早晨调查烟缸、字纸篓。我们不得不在"偷吃"之后,做一番"灭迹"工作。

"我一定要等,"有一次我们预备去看晚场电影,在穿鞋的时候,听见老二对老三说,"他们一定会带回东西来偷偷吃的。"

"我也一定不睡!"老三也下了决心。

这一晚我们没忘记两个发誓等待的孩子,特意多买了几块泡泡糖。可是进门没听见欢呼声,天可怜见,一对难姊难妹合坐在一张沙发上竟睡着了!两个小身体裹在一件我的大衣里,冷得缩作一团。墙上挂的小黑板上写了几个粉笔字:"我们一定要等妈妈买回吃的东西。"旁边还很讲究地写上注音符号呢!

把她们抱上床,我试着轻轻地喊:"喂,醒醒,糖买回来啦!"两双眼睛努力地睁开来,可是一下子又闭上了,她们实在太困了。

小孩子真是这么好欺骗吗?起码我们的孩子不是的,第二天早上,当她们在枕头边发现了留给她们的糖,高兴得直喊奇怪,她们忘记是怎么没等着妈妈而回到床上睡的事了。

但是这并没有减轻我们的"灭迹"工作,当烟缸、字纸篓都失效的时候,我居然怪聪明地想到厨房外的簸箕。谁想还是"人赃俱获"了呢!

讲条件也不容易，他们喊价很高：一场电影，一个橘子，一块泡泡糖，电影看完还得去吃四喜汤团。一直压到最后只剩一场电影，是很费了一些口舌的。

逢到这时，母亲就会骂我："惯得不像样儿！"她总嫌我不会管孩子，我承认这一点。但是母亲说这种话的时候，完全忘了她自己曾经有几个淘气的女儿了！

我实在不会管孩子，我的尊严的面孔常常被我的不够尊严的心情所击破。这种情形，似乎我家老二最能给我道破。

火气冒上来收敛不住，被我一顿痛骂后的小脸蛋都傻了。发泄最痛快，在屋小、人多、事杂的我们的生活环境下，孩子们有时有些不太紧要的过错，也不由得让人冒火儿，其实只是想借此发泄一下罢了。怒气消了，怒容还挂在脸上，我们对绷着脸。但是孩子挨了骂的样子，实在令人发噱，我努力抑制住几乎可以发出的狂笑，把头转过去不看他们，或者用一张报遮住了脸，立刻把噘着的嘴唇松开来。这时我可以听见老二的声音，她轻轻地对老三说："妈妈想笑了！"

果然，我真忍不住地笑了起来，孩子们恐怕也早就想笑了吧，我们笑成一堆，好像在看滑稽电影。

老大虽然是个粗心大意的男孩子，却也知母甚深，三年前还在小学读书时，便在一篇题名《我的家庭》的作文里，把我分析了一下：

"我的母亲出生在日本大阪,六岁去北平,国语讲得很好。她很能吃苦耐劳,有一次我参加讲演要穿新制服,她费了一晚上的工夫就给我缝好了。不过她的脾气很暴躁,大概是生活压迫的缘故。"

看到末一句我又忍不住笑了,我立刻想到套一句成语:"生我者父母,知我者儿女。"

我曾经把我的孩子们称为"三只丑小鸭",但这称号在维持了八年之后的去年是不适宜了,因为我们又有了第四只。我用食指轻划着她的小红脸,心中是一片快乐,看着这个从我身体里分化出来的小肉体,给了我许多对人生神秘和奥妙的感觉。所以我整天搂着我的婴儿,不断地亲吻和喃喃自语,我的北平朋友用艳羡的口吻骂我:"瞧,疼孩子疼得多寒碜!"人生有许多快乐的事情,再没有比做一个新生婴儿的母亲更快乐。

人们会问到我四只鸭子的性别:几个男的?几个女的?说到这,我又不免要啰唆几句:

当一些自命为会算命看相的朋友看到我时,从前身、背影、侧面,都断定我将要再做一个男孩的母亲。我也有这种感觉,因为我已经有的是一个男孩和两个女孩,按理想,应当再给我一个男孩。没看见戏台上的龙套吗?总是一边儿站两个才相衬。但是我们的第四个龙套竟走错了,她站到已经有了两个的那边去了,给我们形成了三个女孩和一个男孩的比例，我不免有点懊丧。

因此外面有了谣言，人们在说我重男轻女了，这真冤枉，老四一直就是我的心肝宝贝！

我的丈夫便拿龙套的比喻向人们解释，他说："你们几时见过戏台上的龙套是一边儿站三个，一边儿站一个的呀？"

但是这种场面我倒是见过一次，那年票友唱戏大家起哄，真把龙套故意摆成三比一，专为博观众一乐，这是喜剧。

我是快乐的女人，我们的家一向就是充满了喜剧的气氛，随时都有令人发笑的可能，那么天赐我三与一之比，是有道理的了！

今天是星期天

"今天是星期天,孩子们!"在似醒还睡中,我听见他以致训词的调门这么说:"让你们辛苦的妈妈睡个早觉!"跟着是孩子们的一阵哄堂好,他连忙"嘘!嘘!"地给镇压下去了。

谁要说"当今之世,知道体贴妻子的丈夫有几个"的话,我首先要叫出反对的口号来,这种体贴的幸福,我深深地尝到了——"让你们辛苦的妈妈睡个早觉!"我微笑地,陶醉地,含着这颗"体贴的幸福的果实"在温暖的被窝里翻个身。我忽然记起,有人曾把"好妻子"的美衔送给我,如果我真有这项荣誉,荣誉应该属于他。想着想着,当我再听见他说什么"孩子们跟我到厨房来……"的时候,我已渐入幸福的梦乡中了。但是这个幸福(或体贴)的回笼觉,似乎没有达到理想的时间,我便被一阵自己的咳嗽给呛醒了,我闻见了什么味儿,也听见了一阵小小的喧哗,是他在说话:"美美,乖,快,再去拿点儿报纸来,可别拿今天的,今天是星期天,知道吧?"

好了,我该起来了,原来,一股煤烟钻进了蚊帐。我首先要明了的是他们爷儿几个的情形。在厨房果然有一番新景象被我看到:洗脸毛巾围在饭锅上,字纸篓歪在火炉旁,麦片、牛奶罐头、鸭蛋、香蕉,堆在洗脸盆里!外子正给小儿等开讲火的哲学呢!他说:"人要忠心,火要空心,懂不懂?……但是……"他一回头看见了我,"咦?怎么不睡啦?去睡你的,这儿有我!"我幸福地一笑,刚想说:"也该起啦!"话未出口,他又接下了:"要不然,你先来给生上这炉火再说,大概炉子有毛病,不然不会生不着的。"

我的孩子们用一种"叹观止矣"的神情,看我用一小团十六开报纸和数根竹皮把那炉火生着了以后,美美开口了:"爸,火着了,做你的麦片牛奶鸭蛋香蕉饼吧!"

"麦片牛奶鸭蛋香蕉饼?是《媛珊食谱》上的?"在那本食谱上,我仿佛没见到有这么一道复杂的点心呀!

"不,是爸爸发明的!"

那就难怪了,她爸爸发明的东西可多哪,这一早上就两样了,"空心火"跟"麦片牛奶鸭蛋香蕉饼"!

"好,其余的你不用管了,你等着吃现成的,我们来!"

等着吃现成的,对,我由厨房走上了我们的统舱。我说统舱,人家会不懂,原来在这十几席榻榻米上,晚上铺上了被褥,就跟当年我们睡在中兴轮的统舱里一样,故以名之。到了白天,铺盖卷儿一收,当然就是客舱了!现在我所以说"上了我们的统舱",是因为被褥狼藉,我还没收拾呢!

待我把客舱"表现"出来,那边已经在叫吃早点了。

关于"麦片牛奶鸭蛋香蕉饼",如果当时有人看见并尝到的话,他们也许会说,那实在是一种缺乏了饼的形状的饼,而且外面黑了有点苦,里面稀了有点生。但它对于我,却不是这种说法,当他踌躇满志地歪着头问我"怎么样"时,我点点头并且不由得颇为含蓄地笑了一下,这含蓄的意义是很深切的,或者可以说,如果不是碍于孩子们在面前,我一定会情不自禁地吻着他那多髭的嘴巴,并且轻轻地告诉他:"我不管人家说什么你做的饼是外焦里不熟,我吃出来的完全是一种幸福的味道!"当然,这种味道,只有我一个人尝得出来。

他在得意之余又发话了:"记住,孩子们,以后每个星期天都是妈妈休息的日子,无论什么事都不要妈妈动手,她已经辛苦了一个星期了!"最后,他做了如下的决定:

"工作要求效果。看,现在才十点钟,上午诸事已完毕,好,现在,你们可以找小朋友去玩,等到十一点半再回来,我们分工合作,来准备午饭……"

"但是……"我是要说,早点的碗筷还没洗哪,院子还没扫哪,菜还没买哪……不过他不容我插嘴:"你放心好了!"

"不是……"

"一切放心,包在我身上!"他拍拍胸脯。

孩子们呼啸而去,他打了两个饱嗝,夹着一叠报,做"要舒服莫过倒着"的阅报式去了。

当我把碗筷洗净,饭桌擦净,厨房刷净,院子扫净,提着篮子去买菜时,他也看完了报。"咦,到哪儿去?"他不胜惊诧地问。

"买菜去呀!"我也不胜惊诧地回答——难道他说过要请我们下馆子的话了吗?不然他不会不知道买菜是我每天运用智慧最多的一课呀!

"啊,这我倒没想到,不过我们吃最简单的好了,实在用不着像每天那样四盘一碗的,比如做一个咖喱牛肉番茄土豆来拌饭吃就很好了,像刚才我做的麦片牛奶鸭蛋香蕉饼,不就是营养丰富,而做法简单吗?"

"也好!"我满同意。

"不过,"他又犹豫了一下,"好久没吃鲤鱼了是不是?多添个红烧鲤鱼好了。"

菜场归来,小鬼们已经在他的领导下挽袖撩裙做准备状了。我进门先告诉他:"今天的鲤鱼都死去过久,我怕不新鲜,所以没有买。"

他用一种"何不食肉糜"的口气问我:"那你怎么不买活的?"

"活的?"活的比死的贵一倍,我们的菜钱里从来没打过买活鱼的预算呀!但我不好伤他的心,仓促间,便说了一句意义不够明显的话:"活的也不新鲜!"好在他没听出来。

"来,我们分工合作,以求工作的效果!"他强调早上那句话,同时转向我,"你就是缺乏这种头脑,所以工作效果较差!"

关于分工合作,工作求效果等事,我应当加以补充说明,外子是个标准公务员,吃了十几年的这行饭,虽然两袖清风,但是落得不少"效果",去年曾因办事效果甚佳而受褒奖。一个国家所褒奖的公务员,是没错的,所以我在被批评"缺乏头脑"后,并没有不愉快,虽然我煮饭也有十几年历史了。

他们又把我送上了客舱,一定不许我下厨房,还是要我吃现成的。我听他分配得有条有理:

"你们三个人,你剥豆,你洗菜,你扇火,菜由我来切,因为对于你们使用菜刀,我还是不放心。"

果然大家在静静地进行"效果",一点声息也没有。这现象维持了约有二十分钟,厨房里忽然喊出了一声:"快来！"跟着是他举着手从厨房出来了，左手的无名指被菜刀割了一道口子，鲜血滴滴，找棉花、找药水、找纱布，大家忙成了一团，不过他很镇静，并嘱咐大家"不要慌"。这时厨房里又喊出了一声："快来！"原来，那个最镇静的美美还在扇火呢！火上是锅，锅里是油，油是开的！我奔上前去，从切菜板上抓起血淋淋的白菜，赶忙丢在油锅里，喳的一声，把美美吓跑了，却把他招来了……

"白菜，血，洗！"缠着纱布的手直向我摆。

"啊，来不及了！"我望着躺在油锅里的白菜。

在饭桌上，我指着那碗白菜，对孩子们说："吃吧，这里面有你爸爸的心血！"

他很得意，但严肃地说："这种菜刀实在有改良的必要，危害甚矣！"

这是不能怪他的，因为他惯于使用刮胡子的保险刀，拿菜刀还是头一遭呢！

到此时为止，星期天刚过了一半，我实在有继续说下去的必要，因为他在饭桌上又宣布下一个节目："吃完饭我带你们几个出去玩，可以让你们的妈妈清静清静，"然后转向我，"你可以睡觉，写文章，打毛衣，随心所欲。"

不用说，吃完饭我又是一阵刷洗，他那种视若无睹的样子，就仿佛从来不知道人生在吃饭之后尚有洗碗一事。

好，在一阵翻箱倒柜之后，有五个纽子、三个破洞等着我来缝，这是义不容辞的，因为全家只有我一个人受过缝补的训练。不过他说："平常你如果随手缝补，就不会有堆积之苦了！"这种批评是很对的，从工作的效果上来说。

"跟妈妈'摆摆'，说：'您舒舒服服地睡一觉吧！'"果然，牙牙学语的四丫头摆手呀呀了一阵子。

送走了他们爷儿五个，我确有轻松之感，是的，我该睡个午觉了，找补早上所失去的幸福之梦。倒下去不久，送晚报的来了，该死，我在睡午觉，来了晚报，都市的生活，对于时间的观念总是模糊的。看完星期小说我再度入梦，但敲门声甚急，想装死都不成，开开门来，一片"拜托"声，原来是邻长里长领着一干人等，送上"请赐一票"，鞠躬如也而去。

时间是不饶人的，当我陆续又为淘粪的、送书的等开了几次门之后，接着他们回来了。

"睡得好吧？"世界上最体贴的人，还是自己的丈夫，我很高兴地回答说："睡了一大觉！不是你们叫门我还睡呢！"

又经过一场脱换衣服之后，他做本日的第三次宣布：

"来呀，孩子们！我们该做晚饭了！"

"不，"我一步抢到厨房门口，两手支撑门柱拦阻着，"你们对我的一番好意，我心领了，晚饭由我一个人来做，请务必答应我这个要求！"

故乡一日

今天阴雨,乘坐在直达故乡的公路车里,闻着低气压下流散不出去的汽油味,我想着往事。

上次回故乡,是大前年的事了,为了参加堂弟阿棋的婚礼。当晚是住在幼美姑姑的家里。幼美姑姑是爸爸最小最淘气的妹妹,我是爸爸最大最调皮的女儿,我想这是幼美姑姑特别喜欢我的原因。

那次,记得天没亮幼美姑姑就起床了,我在睡梦中听见鸡叫声,以为是公鸡报晓,翻个身又睡了。等到早晨起来,梳洗完毕来到饭桌前,看见满桌饭菜中,有一大盘我最爱吃的白斩鸡,才知道黎明前的那声鸡叫,正是它被姑姑宰割时呢!

客家人是三餐吃干饭的,但是我却没有这种习惯,我早被都市的恶习和夜读夜写的生活折腾得常常是不吃早点,却吃夜宵的,但是我仍然食欲旺盛地饱餐了这顿早饭。我想我所以变胖,太适应任何食物和任何吃法,也是主要的原因吧!

吃了早饭我就忙着赶车回台北。姑姑帮着我收拾提包,把熟鸡腿包了塞进提包里,象征着我吃了鸡腿便可以多走动,常常回家了,所以临走时她问我:

"英子几多时再转来?"

我看着屋外姑姑种的满园子番茄,已经系结了青实,朝阳正照向它们,我说:

"谁知道!也许几个月,也许几年。"

姑姑说:"嗤!"她不满意我的答复。

果然几年过去了,我才又一次回来故乡,这次是为了伯母的整寿。

车驶进故乡小镇的街上来了。故乡近年的进步是突飞猛进的,最大的工厂开设在这里,景象是不同些。我很担心,如果没有人来接车,我下了车,应当朝哪方走?如果沿门打听,也许问到的小朋友正是我的侄甥们,岂不正造成"儿童相见不相识,笑问客从何处来"的事实?

还好,车子驶到总站,我已经从车窗看见另一个堂弟阿桢等候在那里了。我多高兴！下车来，他告诉我，因为我信中没有写明车次时间，他和阿烈哥是从早上就轮班在这里等我的。

伯母已经搬到小镇的边边上去了，要走一些田间的小路，雨天脚下泥泞，幸好我穿了雨套鞋来。我跟在阿桢的后面走，忽然想起什么便问他：

"阿桢，你几个孩子了？"

"七个。"

"哟！"吓了我一跳。在我的记忆中，他有三个或四个，已经觉得不少了，几时增加到七个啦？只是在这几年我没有回来，就变成这样多了吗？

我的惊奇，使他回过头来，向我笑笑。他的笑，也使我想起了他的父亲——我的厎叔，最小最先死去的叔叔。

我永远忘不了我第一次回来的情景，厎婶拉着我的手哭着说："转来好，转来好，你的爸爸和厎叔怎么就没有转来的命呢？"我忍不住失声痛哭，哭尽了我心中的委屈——厎叔叔和爸爸死在异乡以后，我们所受到的委屈，一股脑儿，都从心底涌上来。

厎叔死的时候，我还是一个小小女学生，但是对于厎叔，我有极深刻的印象，片片断断的，都能从回忆里，清楚地回到眼前。母亲曾说过，厎叔的脾气古怪，可是我就从来没有觉到过。他风度翩翩，比起高颧骨、凹眼睛的爸爸要漂亮得多。

匥叔给我最初的记忆，就是他对我刚开始入学读书的帮助很大。我第一次去考小学，就是匥叔带着我。一个北平夏季的大雨天，我从考场出来，看不见匥叔就哭了，等他从后面赶过来拉起我的手时，才因心安而破涕为笑。以后，我常常被这双温暖的大手携着，他带我去游公园，去买书，去听戏。我初学毛笔字的时候，匥叔特地到琉璃厂买了一本柳公权《玄秘塔碑》字帖给我，这本字帖用了许多年，一直到匥叔死去，它还平静地躺在我的书包里。

匥叔是祖父最小的儿子，祖母最疼爱的。父亲在日本做生意的时候，他也被父亲带到日本读书。后来父亲的生意失败，带母亲和我到北平去谋事，不久把匥叔也接到那里去读书。匥叔和父亲的年龄相差十多岁，两个人的生活、思想太不同，虽然父亲一向都是爱护家人的。

几年以后，匥叔又把匥婶和阿桢弟接到北平。不久，他们就离开父亲另住，就是因为他们兄弟之间的思想距离太大。

后来，匥叔和朝鲜的抗日分子来往，他们计划发动什么事情的时候，因为事机不密，到大连就被日本人捉去，结果被毒死在监狱里。当匥叔的照片登在一张日本的报纸上时，父亲看了痛哭起来。那张照片上的匥叔瞪圆着眼，两手交胸，我从来没有看见过他这么凶的样子。父亲接到匥叔的死讯后，亲自到大连去收尸，回来不久便发了吐血的毛病。当时祖父写信来，为这件事责备父亲。我记得父亲一连几夜没有睡觉，给祖父回信，写了几十页，把信纸粘接起来寄出去，就像一卷书。

甝叔唯一的儿子，小时曾经是我的游伴的阿桢弟，现在竟做了七个孩子的爸爸啦！人生真难料！

我一边走一边痴想，走过弯弯曲曲的田边的小路，眼前就到了家。

七十整寿的寿星，正和大家一样，光着脚在泥地上走，她忙着呢！来往于自己住的小屋子和借来请客的邻居地主的大房子。我向她拜寿，掏出代表台北全体家人的寿礼红包来。她抹着眼泪说："来就好！"

我被带进湫隘狭窄的小屋，里面乌压压的满屋子人，都是些三姑六婆二舅母这样的亲戚。小孩子惊奇地望着被称作"唐山阿姑"的我。她们告诉我，哪个和哪个是谁谁的孩子，都是侄甥辈，我只能说，我的不知名的甥儿侄儿，像山上不知名的花儿那样多！

酒席开十桌，够豪华的。上到第十个菜，上菜的人说，这才不过一半哪！谁说乡下人俭省？吃着"大肠肚子咸菜汤""洋葱煮鱼丸"这样的菜，我问邻座的姑姑，这是什么料理？谁在厨房主持？姑姑严肃地回答我说："好料理，你的三婶、甝婶、大嫂都在厨房里。"

当别人正吃得津津有味的时候，我忽然没有了胃口，有一股气味向我的鼻孔侵袭。我来找，一回头，发现身后的大板墙那边正是牛槽，那就难怪了。我很想捏起鼻子，但是我凭什么要这样做？只因为我是都市的宠儿？都市的空气比这里更清洁？更何况在我的生命史上，幼年也有过两年乡下生活的记录呢！我这么想着，不禁笑了。姑姑误会了我的笑容，她说："好料理吧？"我点点头。

酒席吃完了，我到凤姊家去休息。凤姊说晚上要请我听戏，正旅行到镇上来的阿玉的戏班子，是非常叫座的。她去买票，我浏览着凤姊这栋新建的房子，满挂着祝贺镜框和对联。姊夫原来有一辆"拖拉库"由他自己驾驶，做些运输煤炭或其他物品的生意，但现在他是民意代表了，所以墙上的镜框都是书写着"民之喉舌""为民造福"等的字样。

这时在寿婆那里帮忙的婶婶、嫂嫂们都来了，她们忙了大半天，都还没跟我说上话呢！匜婶还是那么清瘦和忧郁。她见我总是忍不住冲动地轻叫着：

"英子！"然后哭泣了。

看见我会使她想起她这一生的转折点——在冰天雪地的北方，在正被人家艳羡的生活中，她骤然失去了那年轻英俊的丈夫——匜叔。她现在虽然做了七个孙儿女的祖母，但他们怎抵得过那一个属于她的匜叔呢！

这时屋里全静下来了，只听匜婶一个人的饮泣声，没有人劝解她。也许大家都知道（也都有过这经验吧！）让她哭泣一阵，心中的郁闷发泄出来，不是无益的事情。

但我还是要打破这沉重的气氛，我从皮箧中取出一叠我的近照，递给屘婶，说：

"您看这些都是我。"

这样，她才停止哭泣，含泪微笑地一张张看着。我送给每人一张，她们都珍重地收起来。

晚上听戏，是凤姊大请客，我们一群妇孺，结队前往。婶婶要我脱下"踢死牛"的尖头皮鞋，她不信那双鞋会使我舒服，于是我换上了木屐，招摇过市。

幼美姑姑是戏包袱，关于戏的一切她都知道。她告诉我，阿玉母女的戏班子是跑乡镇有名的。她的女儿们都是初中毕业后参加戏班，所以不可以轻视呀！

这一晚的戏听完看完以后，太使我开心了！她们所演的，应当是称为"地方戏"的那一种，但是我看了后，觉得这种戏已经打破了"地方"的观念，就是对于"时间"的看法，也应当另具眼光。它像现在人们所争论的现代诗或现代画一样，称之为现代戏，是无愧的！因为在这出号称香艳、悲伤、警世、武打的戏里，它的乐器包括胡琴、二胡、单皮、锣鼓、小提琴……为什么不可以呢？她们所唱的既然有歌仔调、流行曲、西皮摇板、采茶相叻调，等等，当然就得这些乐器来配合。她们既然穿了古装唱流行歌曲，那么饰演花花公子的，穿了粉红缎子香港衫，戴了水手帽，又有何可挑剔的呢？因此，她们在一台戏里，忽而客家语，忽而闽南语，忽而国语也就不足为奇了！唱到一半，女主角又凭什么不可以从后花园赠金给公子后，跑到台前来，用播音小姐的腔调，穿着古装，站在麦克风前，预报明天的戏目，请君早临呢？所以，当我看了最后一幕以"拥吻，幕徐徐落下"而结束时，不禁向台上发出会心的微笑了。

科学的进步，时间和空间的距离和间隔都缩短了，错置了，我们既然可以从收音机里听到过去的真实的声音，从电视机里看到过去的真实的情况，为什么古今中外不可以在戏台上融于一堂？现代的艺术家也告诉人，美和丑是难以界分的。这一台戏给了你非常"现代"——一种清清楚楚可又模模糊糊的感觉。这一切，怎不教人开心呢！

我和所有的观众一样满意地踏上归途。

我这次是回到凤姊的家来歇一晚。在没有垫褥的榻榻米上，凤姊给了我一床十斤大棉被和一个小硬枕头。我不能嫌不舒服，我应当记着，幼年的我，是曾经有过两年这种睡觉方式的纪录呀！人能忘本吗？！

临睡前，凤姊过来了，她说：

"明天不能再留一天吗？"

我摇摇头说：

"不能，故乡虽有趣，但我明天还要工作，一早就走。"

她到外屋去,我听她和她的女儿在说什么,又有搬动碗盘的声音。我想,她一定在切鸡腿,分红龟,一包包让我带到台北去分给众人,但不知这次吃了象征着常常走动的鸡腿,下次回故乡会在什么时候。

感情的窗

有时一无所事，只是坐着望着窗外凝思，一云一叶都能勾起无边的思潮。

门

　　因为门是预备隔绝内和外的设备，所以在房屋的建筑上，门总是比窗少的。但是我们住的这种日式木屋却不然，房间里一扇扇的纸门排列起来，关着就是墙，推开就是门。有许多人喜欢锁门，因此对于这种木屋的纸门表示不满意，说它不够严慎，不足以防盗。

　　木屋的门也实在太多了，有时一间房子四面都是门；三面是可以通到别的房间的，一面是壁橱的。方便是方便，从这个门走，可以通到走廊，通到厕所；从那个门走，可以通到厨房，通到客厅，通到门口。我们中国的房屋建筑就忌多开门，一个房间如果碰巧有了五个门，那就是最不吉祥的

"五鬼门"了。

说到门，我们便会兴起这样的印象：门是森严的、拒绝的、摒弃的、无情的东西。我们如果去访问一个生人，走到他家的门前，必然会先注视他家的门型。"板门虚掩"的主人也许容易打交道，"门禁森严"的主人也许有一副铁青的面孔。有所求的人，走到主人的门前就会踌躇、徘徊、彷徨，不知道门内的情形如何。如果再听见几声狗叫，更是令人胆怯。现在虽然没有递"门包"的讲究，但是"门禁森严"的人家，常常还要配上狼狗的声音的。

门是一种代表物，所以才有"装门面"的说法。门就像我们的脸一样，男人要把"门面"上的胡子刮干净才有精神，像除去门前的蔓草；女人要涂脂抹粉来增加美丽，像把门油漆了。我们知道朱红的门最美，像女人的红唇那样；但是朱门也常隐藏罪恶，杜甫说"朱门酒肉臭，路有冻死骨"。

门既是代表物，所以还有"门风"的说法。读书的人家如果出了一个不肯读书的儿子，便是"败坏门风"，一家人都觉得可耻。但是我们也常常见有的人家，祖父好赌，儿子也好赌，孙子更好赌，这也是"门风"啊！

门还是势利的，门里的主人如果一朝得了势，拜倒门下的人不知有多少，那时就会"门限为穿"，或者"门庭若市"了。但是有一天"门前冷落"或者"门可罗雀"，那便代表主人的势力已经到了低潮了。

门虽然是对外的东西，但是关起门来也有许多玩意儿。惭愧的人关起门来"闭门思过"，自作聪明的人关起门来"闭门造车"。"思过"就是自省，还可以。"闭门造车"虽然精神可佩，但是因为太不科学，是没有成功的希望的。

窗

窗和门都是从墙上挖个洞而构成的，也都是可以开关的，但是因为名字的不同，意义也大有区别。门是要关的好，关了门可以把一切你所不喜欢的事情摒弃在外。所以门是无情的，我们看见"门禁森严"，便要掉头而返。吃了"闭门羹"，便会垂头丧气。

窗是要开的好，开了窗首先便迎进新鲜的空气、充分的阳光、美丽的风景。窗把我们和大自然的隔膜打开。有一位作家对于门和窗有这样一句妙语：

"父亲开了门请进了物质的丈夫，但是理想的爱人总是打窗子进出的。"

窗子是有情的,它使失望者得到安慰,不是吗?除了情人以外,贼也是喜欢打窗子出进的。

无论在房屋建筑上,在人们生活中,窗是占了重要的地位。"窗明几净",是勤快主妇的表现,而文人的家庭,也总是把书桌分配到窗下,迎着窗前的景色,执笔人的思潮便会如泉水一样地涌出。我们在漫长的旅途上,也是仗了车有车窗、船有船窗才把沿途的风景一览无余。我们中国有一位美学家李笠翁,便是一位"窗"的欣赏者。他发明了扇形窗,开在湖舫上,因为中国的折扇上常画风景,湖舫上如果有了扇形窗,窗外的风景便如上了折扇。他又发明了"尺幅窗",因为他家有一扇窗,窗外恰好是有"丹山碧水,茅屋板桥,茂林修竹"的好风景,他便用几张纸把窗的上下糊成中国字画的幅头,再镶上边儿,猛一进屋子的人,简直不知这是画的画儿呢,还是真的风景!

家家的窗外有着不同的环境,推窗而望,不同的风光便予人以不同的灵感。我家的窗和所有日式木屋的一样,里外两扇,推过来推过去。我家有一排窗是紧临着街的,所以过路的人偶一抬头,我家的风光便一览无余。我家卧室的窗也临着街。卧室是纯粹的卧室,摆床的时候煞费苦心,为了两面留出走路,不知靠在哪一头合适,最后还是让它贴着窗户。这样一来,虽然有许多讨厌处,比如各种市声都好像压在你耳旁吆唤,但是也有许多好处,送报的从窗缝里塞进报来,恰好落在枕旁。除了一排木栏杆隔断外,似乎家庭已经和市街融合为一了。

绿衣人也看中了这窗子的方便,他不再叫门,一封封的信从窗子递进来。我的小小书桌也是临窗的,有时正伏案写读,忽然听见自行车戛然而止停在窗前,等你抬起头来,一封信已经推到书桌上了。到后来,邻长的通知单,取电灯费的,取水费的,送稿费的,都到窗前便停步了。我家的窗户,除了人的进出外,已经代替了门的许多功用,甚至朋友的光临也是先到窗前来探探头,看看主人在家与否再叫门。

我分配给书桌的时间并不多,但是得空我总喜欢坐在桌前摸摸索索。有时一无所事,只是坐着望着窗外凝思,一云一叶都能勾起无边的思潮。夜晚,拉上窗帘,在万籁俱寂时伏案写作,不知夜深到什么程度,因此常常引起巡夜警察的疑心,他们轻轻儿地在窗前停下来静听着。过一会儿,似乎失望于没有四个人在搓麻将,便骑上车过去了。

我每天坐在这里,可以定时地看到许多不知姓名的熟悉的面孔,买菜的、上班的、上学的。我有时给他们编故事,猜他们的身世,估量他们的脾气,这真是一个思想的娱乐!

我常常想,如果有一天再回到北平,北平的朋友一定要问起我台湾的生活,我不会忘记告诉他们,几年的木屋生活里,窗子是占多么重要的地位。

友　情

　　似乎只有春夏两季的岛上生涯过得真快，一转眼间就是三年了。今天，白天听着巷子里叫卖椪柑的声音，晚上按摩的盲者又拖着木屐，吹着笛子从窗前经过，和三年前自基隆舍舟登岸后，借住在东门二妹家的情景一模一样。

　　邻居的一品红开得正盛，陪伴着一株高大的橡皮树，在墙头迎风招展。在北平，这是珍贵的"盆景"，此刻正陈列在生了洋炉子的客厅里，和冷艳的蜡梅并列。

　　想到了北平，便不能忘怀扔在那里的一大片，家搬到那里二十多年了，可留恋的东西实在很多，衣服器物，只要有钱原可以再购置，但是书籍，尤其照片，如果丢了就没有法子补偿。更可怀念是那一帮朋友——那一帮撇着十足京腔的朋友，他们差不多都没舍得离开那住进去就不想走的古城，现在不但书信不通，简直等于消息断绝。

这些朋友，有的是同事，有的是同学，有的是同乡，有的兼有以上两种或三种的资格。我们从梳着两条小辫儿一同上学到共同做事养家，又到共同研究哺育子女方法，几十年都没有离开这城圈儿，现在却像分居在两个世界里，不知何日重见。和这些朋友彼此互悉家世，了解性格，而且志趣相投，似乎永远没有断交的可能。但是经过长期的和世事封锁，将来再见，也想象不出他们那时是何等情景了。

我刚回到台湾时，幸运的是家人大部分团聚，甚至还多了许多亲戚长辈。不过寂寞的是友谊突然减少，偶然有剩余的时间，觉得无所寄托，认识的人虽多，可以走动的朋友却极少，值得饮"千杯酒"的知己更少。所以我那时常对人说：回到台湾，理论上是还乡了，实际上却等于出了远门儿，因为只有到一个新地方才感觉到没有朋友的寂寞，"出门靠朋友"，没有朋友便有流亡身世、无所依靠之感。

幸亏第一个来填补这个"感情的真空"的是乡情，我所能感觉到的乡情有两种：一种是台湾的，许多亲友听说我"少小离家老大回"，都来接风叙旧，对于我的"乡音未改"，尤其感到愉快。另一种是大陆的，例如山东朋友明明听到我是"京油子"，却坚持要称我是"老乡"，广义地说，都是从大陆上来的,再狭义一点儿,好像我们都有资格参加"华北运动会",他却不晓得我是回了"本乡本土"的呢!反而是到了台湾人的面担子上,老板娘却坚持说我连"半山"都不像。

第二个是,友情之门忽然开放,许多"不速之客"闯了进来,这完全是因为偶然在报章杂志写写稿子的缘故,日子一多,纸上也熟悉了。以文会友,一封表示"久仰"的信便可以建立了友情。

这许多新朋友是分住在各地的,有的在热闹的城市,有的在安静的小城镇,有的在风景区。台湾的交通便利,旅行成了极平常的事,再远的地方也不过朝发夕至。无论新朋友老朋友,都是到一处,搅一处,一地有一地的情味,一处有一处的风光,虽然台湾的恶酒不足以论文,甚至会吓跑了文思,但是做客异地,秋窗夜话,已经够得上是件乐事了。我常常感觉到,即使从小看大,乃至天天见面的老朋友,有些共同生活反而不容易产生,例如昔人说"联床夜话",想一想,越是亲近如邻居,反而不会有这种乐趣的。

木屋生活是有趣的,榻榻米上可以许多人拥被围坐,中间放一张矮脚桌,烟茶果点,有备无患。如逢冬夜,加上火盆一只,烧着熊熊的相思炭,上面烧水、烤薯、煮咖啡,无往而不利。战火余生,得到这样自由自在的生活,真该谢天谢地了。

两年来，在台湾交的新朋友，寄来的信已经塞得满满一抽屉。台北的电话太少，本市的朋友也要靠绿衣人联络，所以写信也成了伏案生活的一部分。写信有好处，"物证"在手，闲时可供消遣，必要时也可资覆按，比起话说过了不存形迹，另是一番趣味。

信笔至此，风正吹着门窗咯咯作响，雨打椰树发出沙沙的声音来。若有足音到窗前而止，敲着玻璃问道："海音在家吗？"我必掷笔而起，欣然应道："在家在家，快请进来坐，乌龙茶是刚沏好的啊！"

童年和童心

有一个小女孩,在母亲给她洗澡的时候,问了许多问题,都是有关身体各部分的用处。母亲都毫无困难地一一答复了。最后小女孩指着自己的肚脐眼问说:"还有这个,是做什么用的?"

年轻的母亲难住了,但经过一小阵思索,她终于微笑着回答说:

"从前上帝造人的时候,把许多人体都捏好了,一排排地站在那里。可是那些人不知道自己已经被做好,还呆站在那里不动弹。上帝没办法,就一个挨一个的,用手指头在他们的肚子上戳一下说:'一个做好了,去吧!一个做好了,去吧!'所以,我们人人都有一个肚脐眼啦!"

小女孩听了这个答复,一定会满意得咯咯咯地笑起来。我听了也很满意,所以谨记在心。每逢想起来,脑子里总会浮现一幅图,一位年轻聪明的母亲在给一个调皮可爱的小女孩洗澡,亲切而活泼。

事实上,成人和小孩间的对话,常常是很有趣的,有时成人竟也会从跟小孩子谈话中,悟出一些人生的道理来。记住,和小孩子谈话,不要太严肃了,不要在小孩子的每一动作、每一句话,都施以教训,也不要在听出小孩子出口不妙时,便赶快制止,说:"小孩子胡说!"那样子你就找不到真正的幽默的人生了。旧时习俗,农历年元旦到灯节这半个月的时间,是中国家庭的伦理教育的最放任时期。老少主仆,公开地赌博,不受家长禁止;小孩子说了调皮的话,也不被吓阻,且在墙上贴了"童言无忌"的红纸,以示不咎;又以"岁岁平安"来谐音"碎碎平安",作为家人在过年时打破东西不祥的谅宥。

记得多年前有一个暑假,邻家的小女孩们每天都聚集在我家小木屋游戏。有一个能说会道的小女孩,不知怎么传起教来了,而且不知从哪儿学来一套专对小朋友传教的方法,她比手画脚地这样说过不止一次了:

"天堂那里好好、好好啊!马路、楼房,全是用巧克力糖做成的……"

你可以想着馋嘴好吃糖的小姑娘们,脑子里是怎样想象那天堂之路了。大家嘻嘻哈哈地嚷着说,她们恨不得马上就到天堂去。独有一个最小最小的小莉,她一点表情也没有,偎依在妈妈的身边。小莉妈妈推了她一把,说:

"小莉,你也要去天堂吗?"

"才不要!"小莉坚决地撇撇嘴说,"姊姊她们跑得快,我追不上。她们会把巧克力糖先吃完的,我又不认识路回来!"她又紧紧地搂着妈妈的腿说:"我要跟妈妈在一起。"妈妈听了也把小莉搂得更紧。

小莉只有五岁,虽然是个小孩子,但也时常有女性睿智这一面的表现,比如说吧,有一次她跟妈妈到姨妈家去,那里有一个七岁的表哥阿文。小莉看见阿文正在吃糖,她明明知道,可是偏要问:

"文哥,你吃什么!"

"糖球。"文哥说完净管自顾自地继续吃他的糖,也不知道让给可爱的表妹吃。

"好吃吗?"小莉又问。

"当然好吃!"答应得多干脆!

待了半晌,小莉实在忍不住了,因为文哥把糖球一颗颗送进嘴里,嚼得咔嘣咔嘣响,眼看就要吃光了。

"给我一颗好吗?"

"不!"

"真的?"

"当然!"

"好,"小莉把头一斜,"那——我可不跟你结婚了!哼!"说完把小嘴巴一鼓。

想不到这一招最有效,文哥把手中黏巴达的一把糖球,都送给了小莉。

文哥虽然粗鲁,却也粗中有细,有一次,他看见小莉表妹在玩拍皮球。

"小莉,皮球借我拍一会儿。"

"不!"小莉连头都不抬。

"马马虎虎啦!借我玩十分钟就还你。"

"不嘛!"

"好!小莉,你小心,小心我娶你做妻子!"

小莉一听,登时吓得双手把皮球捧给文哥了!

文哥的爸爸闹香港脚,脚上一片片的疱疱,又痒又疼,闹了许久才好。

不久文哥的脸上忽然也起了同样的疱疱,文哥痒得忍不住用手去抓,妈妈说:

"好孩子,脏手不要去抓,过些日子就好了,跟你爸爸上回闹香港脚一样的毛病。"

小莉表妹来了,文哥长了一脸疱疱很不好意思,又难看,他很丧气的样子对小莉说:

"你看,我真倒霉,也不知道怎么啦,起了满脸的香港脚!"

妈妈每次上街回来,手中总是大包小包,文哥是绝不肯放松的。

妈妈有时说:"这包不是糖,是妈妈烧菜用的虾米。"

"虾米我尝尝!"文哥会这么说,妈妈没办法,打开包包,拿一个虾米塞进他嘴里。

后来妈妈改变方针了,她说:"包里是爸爸的香烟。"或者:"包里是蓝墨水。"妈妈说完就把包包往橱里一放,文哥一点办法也没有。

有一次妈妈又提了包包回来,文哥好开心地问:"妈妈又买了什么好吃的?"

妈妈若无其事地说:"这包里的东西不是吃的,是看的。"

文哥眼珠一转,计上心来。"妈,"他拿定主意地说,"我要吃'看的'!"

"双十节"外婆接小莉到台中住两天,临走时,小莉对妈妈说:"我到台中会给你们写信来。"小莉这时不过刚念小学一年级。

果然,过了一天爸爸接到台中的来信,打开来一看却愣住了,他把信纸递给妈妈说:

"你认得吗?你比我小几岁,也许学过这玩意儿。"

妈妈接过来一看也愣住了,她皱起眉头说:"阿拉亦看勿懂哉!"

他们好不容易等到住在隔壁的文哥放学回来,拿给他看。文哥毫不费力地一边看一边念给他们听,原来这是一封用注音符号写的平安家信。

小莉的爸妈后来最喜欢把这件事讲给亲友们听,说他们的女儿如何在一年级上学不久就会写一种他们看不懂的文字,只有她的表哥才懂,言下非常得意!

以上各节都是1953年间的记录,是过去三十七个年头的事儿了。后来文哥和小莉这一对青梅竹马的表兄妹,终于携手走进结婚的礼堂,现在已经是一双儿女的父母了。

豆腐一声天下白

卖豆腐的声音仍像二十年前一样,天刚亮就把我从熟睡中喊醒。我猛地从床上起来,跑到临街的窗前,拉开窗帘向外张望。

"要买豆腐吗?"床上正在看早报的人说。

"不是。"我摇摇头,"我是要看看她到底长得什么样儿。"

二十年来,许多声音从这一排临街的窗子透进来。睡在榻榻米上时,偶然有车子从窗前的巷子经过,那声音就好像车子从你头上轧过去一样。卖豆腐的妇人是最早的一个,她应当是和我家墙头上的牵牛花一样,都是早起的,但是她没有牵牛花清闲。牵牛花拿紫色迎接太阳,她是灰色的——别误会,我不是说她的人生是灰色的,只是她的衣服罢了。一个勤勉的妇人,为了一块钱一块钱的豆腐,把那种悠扬的调子一声声传到你的耳根:"卖豆腐啊!油车糕豆干!"晨起的第一声,听了二十年了,你没有照顾过她一次,临去之晨,总要和她相识一下吧!

这排窗,我管它叫"感情的窗"。今早我从窗里看出去的,不只是卖豆腐的妇人,也有收酒干的,也有卖粽子的。算卦的瞎子也过来了,仍是手扶在儿子的肩头上。儿子长得很高了,穿着西装,梳着齐耳根的长发,脚下是一双高跟的男皮鞋。谢雷的打扮嘛!可惜他的爸爸看不见,他的妈妈虽然不是瞎子,但也早已弃此人生,弃这一家而走,更看不见了。那个哥哥或者弟弟呢?他在哪儿?怎么没跟来?

曾经有过全家人拥着这位户长出来算卦的一段日子。那时,瞎子还是瞎子,穿着一身极破旧的裤褂,太太很年轻,却未曾有过花开的美日子。她的衣服更破旧,不必写"悦己者容"吧,头发是蓬乱的,脸上因为串大街小巷串得油亮的,很瘦弱的样子。这样的她,我却眼见她生了两个儿子。他们全家人出来的时期,该是他们最美好的日子吧!算卦的丈夫,像女人那样背驮着小儿子,大儿子坐在竹车里玩耍,母亲一手推着小竹车,一手携扶着背了小儿子的瞎丈夫。她不美,小嘴瘪瘪的,更造成了她的早老的样子。但是她的脸的表情总是和蔼的,这样的日子,看见这样的脸色,你不是同情她,而是敬重她了。对面阿森的妈妈最信服这个算卦的,常常把他们请到门前的石礅子上坐下来,然后开始算卦。不知道他是怎么掐、怎么算的,但见阿森的妈妈,很认真地听着,叫阿森给瞎子倒茶水。这一卦的价值,有时是几碗米,有时是几张小钞票。

孩子们年年长大,瘦弱的妈妈不必跟着携扶了,这职务由儿子来担承。五六岁就跟着爸爸出来了,不,是爸爸跟着儿子了。瞎爸爸一手扶在儿子肩头上,儿子则是一手拿着弹弓橡皮筋什么的在放射。但是他从不离开父亲一步,你看,他从五六岁、七八岁,到九岁、十岁,到今天,像谢雷那样的打扮了,有十六七岁了吧!虽然摆的是青春少年的架势,但仍不离开父亲一步。母亲几时死去的?好几年前就听说死了。这妇人的一生快乐吗?很不甘心地死去吧?一定还舍不得离开瞎了的丈夫、幼小的儿子。

收买酒干报纸的,近日成群地过来,搬家的人很多的缘故,但是我总不能忘记最诚实可靠的那个。

许多年来,都是把家里的旧报纸和瓶瓶罐罐的卖给缺了门牙的那个。他每次来,都是很诚恳地用他的秤一边称着一边说:

"我的秤头是没有错的,做生意就要老实,一点儿都不能乱来。"

我很高兴,我说:

"是的,旧报纸不是值钱的东西,我也不是在乎那一毛两毛的,但是,如果不诚实的秤,真让人生气,我最厌恶不诚实。"

生意做得很顺利,个把月,他来一趟。他喊的声音是深沉的、老练的、稳重的。我家的报纸和旧杂志太多太多了,十几种报纸和三十几种杂志。每次他来,都说:"我的秤头没有错……报纸有很多剪了的,也没关系……"

我也有些歉意,蝇头小利,是多么不容易,我说:"剪了的,就不要算秤,扔在一边好了。但是我的杂志是崭新的。你看,你看,你称斤买了去,到旧书摊就是起码一块一本呢!"

忽然有一年,阿绸心血来潮,把报纸称了称。我家没有秤,她是怎么去称的,我也不清楚。然后,诚实的人来了,他又说:"我的秤头没有错……"阿绸从身后拿出了另一杆秤,揭发了他十年来的不诚实。好可怕的一刹那!最小的事情,最少的利润,变成了最大的骗局。这样的局面,比面对一个抢劫的强盗还令人尴尬吧!那时的心情,感觉到的是受了侮辱,而不是欺骗。

此后,很多日子,那个深沉、老练、稳重的声音,不再从早晨的窗子透过来。我偶然老远地在巷头看见他了,他就绕道而行。一个月一个月地过去了,报纸和杂志堆得把那块地板都压凹下去了。没有勇气再叫另外收买报纸的,觉得彼此诚实是一件困难的事,又觉得一向信任的事突然扭转成这个样子,不知道该怎么处理了。我和阿绸很想把这件事忘记,我们很希望他再敲一敲我们那扇友情之门,如果他再说一次:"我这回秤头没有错。"我们一定会相信他,一定会说:"快拿去称吧,堆得太久了。"但是他自那以后并没有再出现。

生之趣

朋友们说我越过越糊涂了,客人来了挤在廊下谈天,那间身兼三用的客厅却让给孩子们捉迷藏。这且不谈,如今又把沙发腾给母鸡下蛋做产房;到夜来,野猫在厨房里打得天翻地覆;老鼠、蟑螂来去自如。一个家,弄得这样主客不分,人畜杂居,还成何体统?

原来今春在来杭鸡行市一落千丈的当儿,一位养鸡朋友专程送来一对鸡夫妇,请我们收养。偏偏我和他对于伺候这种站着睡觉、散步拉屎的玩意儿,实在兴趣索然,朋友见他面有难色,连忙指着我说:

"太太写文章,身边琐事离不开鸡零狗碎,养两只鸡,可以助长思路。"朋友又安慰我说：

"来杭鸡六个月就下蛋，现在已经三个月大了。"

勉为其难，看在末句话的面子上，我收下了。另外一位好心的朋友又送了我一只合乎科学的鸡笼，但是这一对没落的夫妻却偏偏爱飞上晒衣竹竿，餐风饮露，站立睡眠，早晨起来，台阶上是一堆堆鸡屎。我一切都忍受，还不是为了"六个月下蛋"的好日子的来临！可是七个月、八个月、九个月都过去了，它还是交不出卷来。我心想，就是人类的妇女，九月怀胎也该瓜熟蒂落了呀！

不过我们的鸡太太是"不安于室"的，早晨大门一开，它跟在孩子们一窝蜂之后，也溜出去了，我便不得不多一分的仔细，如果是蛋落邻家，我再落个空忙一场，岂不更冤？不过经过隔壁阿婆在鸡屁股上仔细"测量"，断定是"尚非其时"，紧跟着一句是"快了"。

我又耐心等候多日，消息杳然。某次鸡太太在榻榻米散步之间又拉屎一摊，我在忍无可忍之下，便对妹妹说："它既不下蛋，赶明儿你生日到了，杀了请你！"我说这话的时候，鸡太太正侧着头，闪着鸡眼在看我，仿佛它听懂了似的。第二天一早，它便跳上跳下，左寻右找，终于跳上了沙发，在众目睽睽之下，产下了天字第一号的处女蛋！我们举家欢呼，我的三只"丑小鸭"更是争着要吃那个热烘烘的生鸡蛋，但是隔壁的阿婆却连忙摆手说吃不得。留着明天放在原处，否则它便找不到下蛋的地方了。我谨遵指导，从此鸡太太在沙发上生产便成了"习惯法"。我们一家人都知道，坐在沙发上，如果看见鸡太太摇摇摆摆走过来时，应该有连忙让位的礼貌。

某一个星期日的早上，我们鸡太太又要临褥，我刚把沙发腾出来，这时却来了一位朋友邀我出去。他一屁股坐在鸡太太的"产床"上，便摆开了龙门阵。那鸡太太在沙发旁急得直打转儿。我那小女儿忍不住推了我一下，低声说："妈，鸡要下蛋。"我瞪了她一眼。母亲也逼我，她用来客认为比外国话还难懂的闽南话对我说道："你还不请他走吗？鸡要下蛋了！"我在母女的攻势下，只好打断客人谈话的兴头，找个理由约他出去。在我穿鞋的时候，回头看看，鸡太太已经上了"产床"，家人都向我做会心的微笑。

要说猫，就想起老鼠。我们的天花板上，在最热闹的时候，好像万马奔腾，通宵不停。就是这样，我还没有养一只猫的念头。我以为猫捉了老鼠，一样还要偷鱼吃，倒不如弃猫留鼠，因为老鼠除了赛跑以外，和我们的生活各不相扰，倒也相安无事。它们住在"更上一层楼"；另从墙上打洞出入；吃饭时间在半夜里，并不像馋猫，在你切肉的时候，把鱼叼了跑。

虽然如此，我这里仍收留了一只不捉老鼠的母猫，它是我们前任屋主人所养的，到了相当时期便要回到这儿来和它的一群老情人"旧梦重温"。于是这位猫夫人便在踢它不走、打它不动的情形下，腻在这儿了。某日，我打开壁橱门一看，它竟卧在我那绝无仅有的一件新制秋装上，正用舌头舐它那三只新生儿。我气急败坏，简直要光火，却见它软弱地抬起头来，向我"喵"地一叫，这一声便打动了我无限母爱，"幼吾幼以及人之幼"，我心一软，只好叫要去菜场的母亲多带一条鱼来，给它补补。

如今鸡太太下蛋如恒，猫夫人又一产三子，这里因为"生"气勃勃而皆大欢喜。身为主妇的我，也不免因为心情愉快，照习惯又要摊开稿纸，写我酸溜溜的"身边琐事"了！

漫谈"吃饭"

吃饭原是对胃肠的一种献媚,可是在文明社会里,它就变得复杂起来,几千年前我们的孔老夫子就立下规矩说:"食不厌精,脍不厌细。"同时,肉如果"不得其酱","割不正","色恶","味恶",他都不吃。有一天孔老太太差他的儿子到市上去买些酒和熟肉来,谁知老夫子把脸儿一绷说:"沽酒,市脯,不食。"从此奠立下一种规矩。主妇在任何情形下总是离不开"烧菜"的,她的脑子每天至少要打三回滚:"吃什么呀?"

动动"吃什么"的脑筋还不是太难的事,就怕你决定吃什么,可是吃不到嘴。拿最近的事实来说,某报登了一篇消遣星期日的菜单，捧读之下，不觉食指大动，可是我再仔细琢磨琢磨，除了"油盐醋拌烧茄子"一菜以外，别的不敢妄想，"火腿冬瓜汤"，美馔也，可是"冬瓜易买，火腿难得"，我只好流口水算了！

我们所知道的历史上的美食家，像李笠翁、袁子才等，实际上他们从未走进过他们的厨房，却擅于在饭厅里挑眼儿，或者在书房里写写流芳百世的吃的享受。李笠翁的《闲情偶寄》特设饭馔部，专写关于他这辈子吃的种种感想，他最爱吃螃蟹，爱到"心能嗜之，口能甘之，无论终身一日，皆不能忘之，至其可嗜可甘与不可忘之故，则绝口不能形容之……"的程度。除了李太太下厨房以外，还有一个丫头专门伺候他吃螃蟹，李笠翁不过是"饭来张口"的男人而已。

北平有名的"谭家菜"主人谭篆青，广东人，他个人最讲究吃，所以能督促他的家人制出他所理想的菜来，下厨掌灶的是他的太太，最初不过是朋友常借他家聚餐请客，后来竟不得不以此为生。这也是一个男人讲究吃，女人下厨房的实例。

小学生的作文本在"我的爸爸"一题之下，有十分之八这样写着："我的爸爸赚钱来给我们一家人吃饭，很是辛苦。"当然喽，饭桌上的爸爸没有一个不这样教训儿女："怎么？嫌没有肉吗？告诉你，爸爸一天到晚在外头赚钱不容易,你要嫌没肉,不用吃好啦!"所以写到"我的爸爸"时,他们小脑海里不由得浮起一个八面威风、赚钱不容易、差点儿不给饭吃的爸爸来。至于一日三下厨房被油烟熏糊了的妈妈,就忘却了。

"吃在中国",是众所公认的,西洋烹调除了"色"美可取以外,还有许多明显的缺点,在这里我引用林语堂先生在《生活的艺术》中所提到的一段:

……西洋烹调上最不发达的方面是蔬菜的烹调。第一,蔬菜的种类很有限;第二,蔬菜只在水里煮;第三,他们常常烧得太久,失掉了色泽,看起来如粉糊。儿童最怕吃的菠菜从来就不曾好好烧煮过,普通总是把它烧成粉糊;事实上,菠菜如果放在很热的锅里,用油和盐炒一炒,在相当的时候拿起来,使它保存脆的特点,确是一件很好吃的东西。莴苣用这种方法烧起来也很可口,只要不把它放在锅里过久就得了……汤类之缺少变化原因有二:第一,西洋人对于蔬菜和肉的配合,很少加以试验。把五六样食物,如虾米、香菇、笋、冬瓜、猪肉之类,互相配合起来,可以烧出一百多种不同的汤。西洋人不知冬瓜为何物,事实上,冬瓜汤加上一些原料及一些虾米,乃是夏天最美味可口的菜。第二,西菜的汤类缺少变化,因为西洋人没有尽量利用海鲜……

一位"吃的人生观"者，对于世界另有一个看法。最近读钱锺书先生著《写在人生边上》一书里《吃饭》中所写：

> 这个世界给人弄得混乱颠倒，到处是磨擦冲突，只有两件最和谐的事物总算是人造的：音乐和烹调。一碗好菜仿佛一支乐曲，也是一种一贯的多元，调和滋味，使相反的分子相成相济，变作可分而不可离的综合。最粗浅的例像白煮蟹和醋，烤鸭和甜酱，或如西菜里烤猪肉和苹果泥，渗鳖鱼和柠檬片，原来是天涯地角、全不相干的东西，而偏偏有注定的缘分，像佳人和才子、母猪和癞象，结成了天造地设的配偶、相得益彰的眷属。到现在，他们亲热得拆也拆不开……

所惜者，这种种"天作之合"早已离开我们文化人的饭桌，而成为脑满肠肥的寓公们的专利品了。

吃饭不仅是充饥，还有许多社交上的功用，像联络感情、欢迎、送别、讲生意，等等。一位老饕对人说："我们吃了人家的饭该有多少天不在背后说主人的坏话，时间的长短按照饭菜的质量而定。所以做人应当多多请客吃饭，并且吃好饭，以增进朋友的感情，减少仇敌的毁谤。"这议论我赞同,不过今日的主妇拿了稀少的菜钱,如何能做出那种"增进感情,减少毁谤"的菜来却是问题耳。

豆腐颂

有中国人的地方就有豆腐,做汤做菜,配荤配素,无不适宜。苦辣酸甜,随意所欲。"它洁白,是视觉上的美;它柔软,是触觉上的美;它香淡,是味觉上的美。"女作家孟瑶说:"它可以和各种佳肴同烹,吸收众长,集美味于一身;它也可以自成一格,却更具有一种令人难忘的吸引力。"

豆腐可和各种鲜艳的颜色、奇异的香味相配合,能使樱桃更红,木耳更黑,菠菜更绿。它和火腿、鲫鱼、竹笋、蘑菇、牛尾、羊杂、鸡血、猪脑等没有不结缘的。当你忙碌或食欲不振的时候,做一味香椿拌豆腐,或是皮蛋拌豆腐、小葱拌豆腐佐餐,都十分可口。时间允许,做一味麻、辣、烫三者兼备的麻婆豆腐,或煎得两面焦黄的家常豆腐,或毛豆烧豆腐,绿的碧绿,白的洁白,只颜色就令人醉倒了。假如就一碗蒸得松松软软的白米饭,只此一味,不令人百尝不厌吗?它像孙大圣,七十二变,却傲然保持着本体。

江苏有句谚语:"吃肉不如吃豆腐,又省钱又滋补。"豆腐的蛋白质含量是牛肉和猪肉的一半,但是价钱却便宜多了。豆腐的脂肪是植物性的,和肉类所含的动物性脂肪不同,吃了不会引起血管硬化或心脏病等毛病。难怪有许多人说豆腐是"植物肉"了。又因为它含极少量碳水化合物,所以也适宜减肥的人吃。豆腐中的钙质含量和牛奶相同,特别适合孕妇和发育中的婴儿、幼儿吃。

慈禧太后驻颜有术,每天都要吞珠食玉。据民间传说,御厨房有蒸锅四十九口,每口锅里放着镶着珍珠的豆腐,四十九天可以蒸烂。四十九口锅轮翻蒸,慈禧太后就每天可以吃到一味润肤养颜的"珍珠豆腐"了。

豆腐的做法是先把黄豆泡在水里四至八小时,气温越高,泡的时间越短,泡够时间放入石磨中去磨,磨好后滤去豆渣,剩下来的就是豆浆。然后把豆浆加热至沸腾,再加凝固剂。一般都是用盐卤或石膏做凝固剂,石膏的主要成分是硫酸钙,盐卤中主要成分是氯化镁和硫酸镁。加入凝固剂后,再入压榨箱压去水分就是豆腐。美国黄豆协会台湾办事处,每年有经费部分补助台湾的豆腐制造商到日本考察。在日本，制豆腐简直成了一门艺术。

近两年，市面上出现了用两层塑胶袋包装，经过高温消毒的机器豆腐，不过销路并不十分好，一般主妇还是喜欢新鲜的豆腐。豆腐店做豆腐都是从傍晚开始，天亮前做好。大清早又开始造第二批供午市需求（豆腐工人下午休息）。人人都买得起豆腐，在台湾，一方豆腐只卖新台币一元五角。去年台湾人共吃了五亿公斤豆腐——平均每人二十三公斤。台湾每年产黄豆六万吨，进口六十二万五千吨，大部分来自美国，其中百分之十用来做豆腐，其余的多用来榨油。

豆腐是汉文帝时代（公元前160年左右）淮南王刘安发明的。宋时，豆腐渐见普及，在江南，亦成为普通的食品。但除开特殊的情形外，尚未成为士大夫的食品，只有下层阶级用来佐膳。清代开始，豆腐扩及于上层家庭，有时且调理成帝王专用的高级豆腐。宋荦七十二岁做江宁巡抚，刚巧康熙皇帝南巡。在苏州觐见时，康熙见他年老，对他说："朕有日用豆腐一品，与寻常不同。因巡抚是有年纪的人，可令御厨太监传授与巡抚厨子，为后半世受用。"

《随息居饮食谱》对豆腐有如下的说明：

> 豆腐（一名菽乳）：甘凉清热，润燥生津，解毒补中，宽肠降浊。处处能造，贫富攸宜……以青黄大豆，清泉细磨，生榨取浆，入锅，点成后，嫩而活者胜。其

浆煮熟未点者为腐浆，清肺补胃，润燥化痰。浆面凝结之衣，揭起晾干为腐皮，充饥入馔，最宜老人。点成不压则尤嫩，为腐花，亦曰腐脑。榨干所造者，有千层，亦名百叶，有腐干，皆为常肴，可荤可素……由腐干而再造为腐乳，陈久愈佳，最宜病人。其用皂矾者，名青腐乳，亦曰臭腐乳，疳膨、黄病、便泻者宜之。

不同时代，豆腐的名称亦异。古语叫大豆作"菽"，《尔雅》称为"戎菽"。豆腐又叫"菽乳"，还有"黎祁"和"来其"两个名称可能是印度或西域系统的语言，直到唐代，都是指乳酪、乳腐冻奶食品来说，后来才变成豆腐的别名。《清异录》说"邑人呼豆腐为小宰羊"，可能是因为豆腐普遍成为肉类的廉价代用品。

豆腐在中国社会中，是贫苦老实和勤劳的象征。章回小说与旧剧中，也常喜欢安排一对孤苦无依的老婆老头以磨豆腐为生，如《天雷报》里面的张元秀。豆腐也围绕着我国的语文。"豆腐西施"是说美貌的贫家女，"豆腐官"是廉洁的官，因为俸给微薄，只可以吃豆腐。

发挥豆腐烹调技巧最有名的人要算是成都北门顺何街的麻婆了。麻婆娘家姓温，排行第七，小名巧巧，美丽出众，偏是老天促狭，在她脸上撒下一些白麻子，但仍不减她的美貌。她十七岁那年，嫁给顺记木材行四掌柜陈志灏。光绪二十七年，四掌柜不幸翻船。一月之间，健美的巧巧就形销骨立。小姑淑华看她孤苦伶仃，加上十年相依的感情，不舍得留下她的四嫂自行出嫁。姑嫂俩为了生活，不得不面对现实，打开门户。

姑嫂都能裁会剪，仅仅添了一张案板，裁缝店就立刻开张。不到半年，生意冷淡下来。好在四掌柜在生时，那些常来他们店子歇脚的油担子，看她们打开店铺，每天又来歇脚，有些带点米，有些带点菜，没有带米带菜的就在隔壁买点羊肉、豆腐，其余的人在油篓内掏点油，生火的生火，淘米的淘米，洗菜切菜，只等巧巧来上锅一烧，就可饱餐一顿了。大家故意省下一口，就够姑嫂早晚两餐有余，这些诚挚的情谊，不但鼓舞了巧巧枯萎的心情，而且使她练出一手专烧豆腐的绝技。

巧巧做的臊子豆腐，经过众口宣扬，名传遐迩，凡是认得女掌柜的总是想方设法，前来攀亲叙旧，目的仅在想尝尝她做的豆腐。来者是客，怎好一个一个往外推。于是巧巧开店当炉起来，嫂嫂剁肉烧菜，小姑擦桌洗碗，那时是光绪三十年。她们每天忙上十四小时，年复一年，由于操劳过度，姑嫂先后去世，而麻婆豆腐却成了四川出色的名菜！

现在写出麻婆豆腐的做法，大家不妨试烧一碗。

材料：花生油八分之一杯，黄牛肉或羊肉一百三十公克，豆母（可用豆豉蒸软剁碎）半汤匙，姜汁一茶匙，辣椒粉少许，豆腐半公斤，花椒粉少许，葱蒜白梗切成半寸细丝，盐及酱油适量。

做法：炒锅洗净，用姜片擦拭，注入花生油，将沸时，将已注入姜汁及少许水之肉末倒入，肉末分开立即注入清水半杯，然后放进盐、酱油、豆母（咸度不够时，切勿先放豆腐，否则下锅就老），此时再放花椒辣椒粉（切忌用辣椒酱、豆瓣酱，否则其味不正），一分钟后，将漂净的豆腐切成两厘米方块打下，用小火焖煮二十分钟，放下葱蒜细丝，视水已干，盛出端在桌上，就是一碗麻、辣、烫的麻婆豆腐了。

很少人有吃腻了豆腐的经验。作家梁容若回忆生长在沙土绵延的地方的情形，从小见惯了田里种的大豆，豆子出产多，豆子的加工品自然也多。豆腐是天天见、满街卖的东西，见惯看腻，无色无香，再加上家乡豆腐常有的卤水苦涩味儿，所以他从小就不喜欢豆腐。

到抗日战争时期，一个兵荒马乱的残冬深夜，平汉路的火车把他甩在一个荒凉小站上。又饥又渴，寒风刺骨，突然听到卖豆腐脑的声音，梁容若挤在人堆里，一连吃了三碗。韭菜花的鲜味儿，麻油的芳香，烧汤的清醇，吃下去直像猪八戒吞了人参果，遍体通泰，有说不出的熨帖，心想："行年二十，才知道了豆腐的价值。"

他回忆说："北平的砂锅、奶汤豆腐，臭豆腐，杭州的鱼头豆腐和酱豆腐干，镇江的乳豆腐，我都领教过，留有深刻的印象。有一次还在北平的功德林吃过一次豆腐全席，那是一个佛教馆子，因为要居士们戒荤，又怕他们馋嘴，就用豆腐做成大肉大鱼的种种形式，虽然矫揉造作，从豆腐的贡献想，真是摩顶放踵利天下为之了。"

作家子敏说："我对豆腐有一股温情，它甚至影响到我的处世态度。人跟人相处，你不能蛮横地要求对方的心情'必须'永远是春天。朋友难免失言、失态、失礼、失约。那时候，只有像豆腐那样'柔软'的宽厚心情，才能容忍对方一时的过失。朋友相交，夫妻相处，如果没有'豆腐修养'，很可能造成终身的遗憾。

"豆腐原是很平民化的食品。对我，它不只是这样，它是含有深远哲学意味的食品。它是平民的，但并不平凡，我们的'中国豆腐'！"

读传杂记

贝多芬的力

法国大文豪罗曼·罗兰写过三本著名的"英雄传记",第一本是德国音乐家贝多芬的传。他所以先选择贝多芬,是因为他有感于贝多芬一生和苦难搏斗的伟大。同时认为贝多芬的道德,也是人类最大的启示。罗曼·罗兰对于他所以写《贝多芬传》和其他两部传记的动机和目的,曾这样说:

> 我们周围的空气是沉重的。古老的欧洲在重压和腐烂的空气中麻木了。一种卑鄙的物质主义重重地压在

思想上面……世界在它的谨慎的和卑劣的自私主义中窒息而死。世界窒息了。让我们把窗子打开，让我们把自由的空气放进，让我们呼吸英雄的气息。

罗曼·罗兰所说的英雄，并不是指那些体力猛勇，像征服者拿破仑那样的人，而是像贝多芬这样的。他是征服心灵、感觉和情操的英雄——所谓达到精神的至善而成为伟大的人物。

贝多芬，这个一辈子倒霉的伟大音乐家，他贫穷、孤独、残疾——是一个由痛苦造成的人。世界不给他欢乐，他却创造了欢乐来给予世界，他用他的苦难来铸成欢乐。贝多芬那些著名的交响乐章，哪一章不是像他所说的"用痛苦换来的欢乐"？

出身在一个微贱的家庭，贝多芬的父亲是一个不聪明而且酗酒的男高音歌唱家，母亲是个女仆——厨子的女儿。人生一开始就虐待贝多芬，他连一个温情的童年都没有享受过。父亲用暴力压迫他学习音乐，十一岁他就加入戏院的乐队，十三岁当了大风琴手，十七岁丧失了唯一慈爱的母亲。他说："她对我那么仁慈，那么值得爱戴，唉，当我能叫出母亲这甜蜜的名字而她能听见的时候，谁又比我更幸福？"

因此在十七岁上，他就得做一家之主，要担负两个弟弟的生活和教育的责任，他又不得不羞惭地要求酗酒的父亲退休，因为这样的一个父亲是不能支撑门户的。这些可悲的事实在他心上留下深刻的创痕。以后他跟着碰上耳聋、失恋、弟弟的死、侄儿的没出息。这些苦难折磨着他，但是他仍能胜利地克服了他自己的痛苦，完成了他的使命。这使命是什么？就是使受苦难的人们鼓起勇气来。有一个朋友曾在他面前求助上帝，贝多芬对他说："呵，人类，自助吧！"

一个音乐家耳朵聋了，这是多么可悲的事，贝多芬的耳朵一直聋到一个字都听不见，不得不用手册来和人交谈，这是他一生中所受的最大打击。但是他仍能在这种环境下完成了他的许多乐章。他虽然永生痛苦，但是他从老早就希望能作出一个欢乐的乐章，然而年复一年，他被忧患折磨着、煎熬着，他延挨这桩讴歌欢乐的事业，一直到生命的最后，他终于完成了这桩心愿。这个欢乐的乐章便是《第九交响乐》，我们今日所习用的主题是"合唱交响乐"，其实该写成"以欢乐颂歌的合唱为结束的交响乐"才对。在痛苦的深渊里，从事于讴歌欢乐，这就是贝多芬的伟大。

他自己被痛苦煎熬，却用欢乐灌溉人类的心田。当他有一次被忧烦和疾病折磨得好像要死的时候，他立下了遗嘱，里面有这样几句话：

> 我祝望你们享有更幸福的生活，不要像我这样地充满着烦恼。把"德行"教给你们的孩子，能使人幸福

的是德行而非金钱。这是我的经验之谈。在患难中支持我的是道德，使我不曾自杀的，除了艺术以外也是道德。

这道德的情操，使他在立了那份遗嘱以后，竟又活了二十五年，到五十七岁上，他才——仍然是贫苦的——死去。

贝多芬的一生给我们后来者的启示是什么？音乐在其次，主要的是他的力量——和一切痛苦搏斗的力量。

拜伦的牺牲精神

诗人拜伦说过这样的话：

"忍耐可以抵得世界上一切的才能。"

"我爱那些我所不能享受的美德。"

说这样话的拜伦，是因为他虽然精神充沛活跃，可是他没有持久忍耐的能力。在学校里他是以惹事出名的。有一次他把学校一间房子的窗户完全打破了，理由是它挡住了大厅的光线。

拜伦又说：

"他们觉得自己是特权阶级，特权不只限于政治和经济的，道德上也必须有特权。"

有一天，一个名叫罗伯特·皮尔的学生（后来成为英国

第一个政治家）正受上级生的殴打。恰好拜伦走过,他自知敌不过那个上级生,便红着脸对那位"特权阶级"说:

"你到底想打他多少下?"

"傻瓜,你问这个干吗?"

"我想替他挨一半儿打。"

他想为幼弱的皮尔担一半儿痛苦,这就是拜伦后来为衰弱的希腊而舍身的心情。不过如到今天,拜伦的这种消极做法也许会加以修正,扶助弱者,不是要代他受过,而是要让他强大起来,同时联合一切力量,把那些强梁霸道的人打倒。

童年的启示

因为童年的一点启示,而使一个人终身受用的,可以举《西门子自传》做例子。

西门子(1816—1892)是德国人,著名的电器发明家,他家本来是世代业农,他想学工,但是因为经济的关系,不可如愿,便加入普鲁士军队,充当炮兵军官,才有了研究工程学和自然科学的机会。他因为父母早逝,不得不以各种发明来筹措弟弟妹妹的教育费用。他有七个弟弟,一姊一妹。他对于写自传的动机这么说:

我愿意用自己的描写,来确定我的事业和行动,免得被后人错认和误解,而且也相信使青年们看到,一个没有遗产、没有势力的穷人,甚至没有受正式预备教育的青年,专靠自己的工作,也能发展,也能做有利的事,对于他们颇为有益,而且是一种鼓励。

在西门子五岁的时候,有一件小小勇敢的事情,竟使他一生难忘,而且每遇到有困难的境遇时,想到这件事,就会给他无限的鼓励。我们听他自己的记述:

我最早的少年回忆,是一件小小的英雄事业,我记得非常之牢,或许是它对于品格的发展有永久影响的缘故。我大约五岁的时候,有一天在父亲房里游戏,比我大三岁的姊姊马提尔得,号啕大哭,由母亲引到房间里来。她应当到教士家去学刺绣,但她诉苦,说总有一只危险的雄鹅在教士院子入口的地方拦着她,已经咬了她好几次。虽然母亲千方百计劝她,但如没有人给她做伴,她是不肯上学去的。父亲也没有法子改变她的意思,于是他把那根比我长得多的棍子给我,说:"那么叫威尔逊送你去,希望他的胆子比你大。"起先我有点踌躇,我走的时候,父亲教我道:"如果雄鹅来了,你大胆对它走去,用棍子好好打它,那它就会跑掉了。"

于是我就照这样办。当我打开院门时,雄鹅高高地伸着头颈,叫得可怕,向我们走来。我的姊姊喊着转身,我真想跟着她,但我相信父亲的计策,就向那恶物走去,虽然眼睛闭着,我勇敢地用棍子在周围乱打。看,现在雄鹅害怕起来了,大声叫着,回到一群鹅中去了。

这第一次的胜利,给我童子时代情绪的印象,是如何深刻持久,是可注意的事。就是现在,差不多七十年之后,与这次事件有关的一切人物和环境,还是历历如在目前。只因为这件事,才使我记得我父母年轻时代的一点风采。对于雄鹅的胜利,在以后困难境遇中,又不知不觉地给了我无数次的鼓励,遇到切身危险不要避免,却要大胆迎上去,加以痛击。

这是《西门子自传》开始所写的,可以说,这一点小小的启示,是他这一大本自传的原因。

克难苦学一少年

我们常说一句俗语:"一钱逼死英雄汉!"其实不,金钱的洞眼虽然难以通过,但是对于一个真正的英雄汉,毕竟是算不得什么,他把一身坚忍的意志,磨炼成一条钢,圆钱上的方眼,一穿即过!他仍是英雄汉!这是我读了沈宗瀚先生《克难苦学记》的感想。

沈宗瀚先生是一个农村子弟，生长在一个已废除科举，耕读不能并行的时代中。在科举时代，读书是在家塾，没有正式的学校，读到相当的程度，你就去参加省城或京城的考试，秀才、举人、拔贡、探花、榜眼、状元……一直凭你的学力考下去，所以读书时并不妨碍耕种，因此古时在农业国的我们，耕读是可以并行的。但是科举废除了，学校的制度兴起，光读四书五经是不行的了，我们需要吸收更广博的知识，因为外国的文化进入中国了。那么一个欲求深知的人便不能固守在家塾里，他必得带了行李，带了钱，到外面的新兴的学校去读书。这样他就不能一边耕种一边读书了，他总得舍弃一方。

实在说，沈宗瀚先生是不配到外面去求学的。他原是个多病的孩子，最主要的是他家穷得要死，不但没钱给他读书，还希望他赚钱帮助家用呢！

他读书读到美国康奈尔大学的博士学位，但是他的父亲这一生只给了他四年小学的费用，大洋七十二元整！他读中学、大学、留学的费用都是向亲戚师友零星借的。他以一个天资中等的贫农子弟，硬是冒险求学，看他艰苦的情形真是感动人，看他不够聪明而硬苦读英文的样子，除了感动之外，想到那副样子，也怪可笑的。我们看他是怎样地读英文：

黎明即起，至操场朗诵英文生字四五十个，入晚专读英文课本或作文，夜间常温读到一两点钟，或甚至鸡鸣始睡，精力不尽则于夜半食生鸡蛋二枚，蛋冷冻使余清醒，并不饥饿，自认乃省钱卫生之法。有时倦不能支，则闭目凝读，片刻后复读。有时甚至以指甲切肉，或以拳捶头自醒。余不善记忆，以背生字为最苦，常自言木头，何尝不刻入此字，故将手录生字小册藏于袋中，随时随地取出阅读，人亦见而笑之。余默叹曰："世人何知余心苦，误笑同为庸碌人。"

他因为经济困难，生恐不知何时就会失学，所以充分利用在校的时间去读书。又因为自小孱弱，在北京读书，南人不耐北寒，冬季屋里又无火炉，衣履单薄，读书都是拥在被里。写信告诉他的父母亲，他的母亲心疼儿子，痛哭了，并且好几天没吃饭。而他呢？也因为脚肿，又不服北方的馒头食品，身体日渐衰弱，再加上苦读，有一天读书竟读得昏倒了。

借钱！借钱！借钱！在这本苦读的自传里，几乎每页都提到钱，隔一个时期，他就要四处张罗借钱读书。他为借五块钱能步行二十多里。他向姑姑借十块，老师借十块，同学借五块，这儿借，那儿借，一心要读书。他整天整月整年地算计钱：怎样节省，如何筹划；花了多少，剩下多少，还差多少。他今天不知明天的命运如何，唯有暗自祈祷："然余深信谋事在人，成事在天，惟有尽吾心，竭吾力，祈求苍天不负苦心人耳。"

超人萧伯纳

活到九十四岁的当代大戏剧家萧伯纳，终于因为年纪太大，骨头酥脆，跌了一跤就摔碎大腿骨，虽是有心再活几年，可是究竟抵抗不住死神的召唤，到天堂做"超人"去了。

一个人活了九十四岁，又是这样有名气，他的一生的事迹自然是写不尽的。尤其是萧伯纳，在他死后的若干年里，人们还不断地讲他生前的故事。

萧伯纳虽然是属于"幽默大师"一类的人物，但是他脾气也很骄傲暴躁，骂起人来更是刻薄，因此一般人也喜欢跟他开玩笑。就拿他那次闹病说吧，在病中居然有美国人跟他商量说，如果他肯说几句话拍成影片，留作对世界的告别辞，哪怕只有十分钟到十五分钟，他们就愿意付出一百万美元的代价，而且保证留到他死后才公布。但是这项交易被老萧严词拒绝了。

说起萧伯纳的故事，那是一本书也说不完的，不过有的也是人家造出来的。有一段故事是萧伯纳亲自向给他作传的赫理斯说的，总不会有错误，是讲到他结婚时的情形。他当年在注册局结婚的时候，病得很厉害，撑着拐杖，穿着一件腋下被拐杖擦成破布的短衣（这是他发誓对赫理斯说的）。证婚人是名叫华拉斯和沙尔特的两个人。萧伯纳报告他结婚时的情形说：

> 他们两位证婚人为了尊重这个良辰，都穿着他们最好的衣服。注册局的人想不到我是新郎，他把我当作完成婚礼一切手续时不可缺少的乞丐。华拉斯身长六尺余，注册局的人以为他便是新郎，就要镇静地把我的未婚妻嫁给他了。正在这个时候，华拉斯觉得这种方式似乎有点儿使他越出证婚人的职权，终于在最后一分钟里犹豫一下，把新嫁娘留给我了！

萧伯纳的孤芳自赏的态度，真是少有。大家说他是莎士比亚以后最伟大的戏剧家，对于这一点，他倒是客气地谦让了一下，不过他是这样说的："我不能保证我是现代最伟大的笑话商人，但我的确是最好的十个之一。"

爱

邓肯原籍美国，但是她的跳舞却是在欧洲成名。她个性豪放，不赞成婚姻制度，终身不结婚，但是曾和许多男人发生过关系。她喜欢小孩，第一个孩子是和英国名女伶爱伦特丽的儿子的情爱结晶，第二个孩子是和富翁罗鸿林所生。罗鸿林对邓肯的经济帮助最大。

她所喜爱的孩子在一次不幸中，被汽车轧死，使她痛不欲生。不料到1927年（她孩子死后的第十二年），她自己也因汽车肇祸而遭惨死。她的自传是在她的死前几个月才完成的，她没能看见书的出版就死了。

邓肯贫苦出身，曾度过连饭都没得吃的日子，所以她一有钱也特别会花。她又是一个对爱情极易感受的女人，她能够对男人一见倾心。我很欣赏她在自传中的这段话：

> 我们一生在这劳苦奔波的尘世，总感觉肉体的生命实在是很神秘的。最初是一个年轻的姑娘，胆怯、惧缩、渺小，然后变成一个刚强大胆的女子，全身充满了醇酒，在情欲上沉湎着。身体发育，柔软的肌肉增大膨胀，胸前对爱情极易感受，好像快感的电流触动了整个的神经系。现在爱情长成一朵茂盛的玫瑰，花瓣好像爪

子一样,要把所爱的抓住。我住在我的肉体内,好像一个精灵包在云中一样——充满了火热和活力的云中。

老是歌咏爱情和春天,那有什么意思呢?秋天的色彩光荣多了,有变化多了;秋的快乐,要一千倍地有力、可怕、美丽。我是怎样怜悯那些可怜的女子,她们闭塞在灰白而褊隘的纹路里,拒绝了壮大而充实的秋之爱。……

这正说明邓肯是不服老的女人,可惜她正在充实的中年便死去了。

唯有寂寞才自由

玛丽·康宁小姐是美国劳工部妇女局国际组的主任。她可以说是我到美国后接触的第一个美国职业妇女。

4月20日,是我到华府的第二天,去美国国务院商量安排四个月的访问节目时,康宁小姐也在座,她负责安排我在华府访问有关妇女的节目。此后在华府的三周里,我和她有数度接触,因为她有时陪我出去访问。

我不会看人岁数,但是康宁小姐告诉我,她在妇女局工作已经有二三十年,想想看,她也该有五十几岁了。她头发花白,衣着朴素,态度和蔼。你初见她时,会以为大概彼此只是谈谈公事,不会有更进一步的谈话吧!但是在我离华府赴纽约的前夕,她请我吃饭,并接受我的"访问"。我们两人竟谈得很投机,很有趣,仿佛要离别了,才感到"相谈恨晚"似的。

谈当今美国妇女的生活情形,是她和我的"公事",但是有许多资料,也确实使我发生兴趣,下面的一些统计,也许对读者们有些用处。

康宁小姐告诉我说,美国妇女生活,已经发生了一些"革命性"的现象,下面所举的就是一些事实的证明。

现在出生的美国女孩,平均寿命可以达到七十七岁,可是在1900年时,只有四十八岁。美国女人的寿命,半世纪来增加了二十七岁。

现在的美国妇女,有一半是在二十岁上结婚,她们生最后一个孩子是二十六岁。因此她们最小的孩子到达学龄时,做母亲的还有四十多年的寿命。这段日子怎么打发?

现在的美国女性,十之八九都服务过社会。目前就有二千六百万女性在职场上,估计到1970年时,可达三千万。现在的美国工作者,每三个人中,有一个女性;每五个工作女性中,有三个是结过婚的。1920年时,一般女性工作者大都是没结过婚的,她们的平均年龄是二十八岁。1963年时,多数的女性工作者是结过婚的,她们的平均年龄是四十一岁。

家庭设备和食品处理,一天天地进步,缩短了做家务所需的时间，同时由于孩子教育费、家人健康保持费和各种物价的增高（这些都是提高美国人民生活水准所必需的），使得美国家庭里的夫妇，得双双出外工作赚钱。另一方面，美国社会需要较高教育水准的趋势日益显著，因此，美国女孩子，在十几岁时，就得为她今后将对家庭及社会皆应有所贡献而做准备了。说得具体点儿，她除了做贤妻良母外，还得学习一样本事，以备来日服务社会。

上面康宁小姐所告诉我的统计数字中，有些需要说明的。像女性工作者的平均年龄，为什么在1920年时是二十八岁，而大都没结过婚，可是现在却是大都结过婚，而平均年龄大到四十一岁呢？原来今日美国妇女在婚后的生育期间中，家里没有用人，没有老一辈的代为照顾，所以都要在家带孩子不能出外工作。要等到她的最小的孩子入学以后，才可能服务社会，这时她已经三十多岁了。在美国的公务机关里、商店里、餐馆里，到处都是女性在工作，但多半是未婚或未生育的已婚的妇女，以及更多的中年妇女，中间却缺少了一段"少妇阶层"，原来她们都在家生儿育女呢！

但康宁小姐为什么能在妇女局工作了几十年呢？因为她从没结过婚。美国职业妇女中，有很多老小姐，在我的旅途中，就遇到不少，像国会图书馆的儿童图书组主任哈薇兰小姐、儿童读物画家勃朗小姐、华盛顿最大的勃伦提诺书店订书部经理安狄克小姐、联合国编辑雷蒙小姐、哈佛女校现代文学作家柏克曼小姐,等等。

我曾问过康宁小姐,为什么不结婚?她并没有如我想象的答复我说,她是一个独身主义者啦,或者她感觉家庭是累赘啦,她竟是很大方地向我笑笑说:

"没适当的男人在适当的时候向我求婚。"("No right man asked me at the right time.")

她又说:"但是我也有一个舒适的家,只是没有男人罢了!"

她知道我次日就要单枪匹马踏上征途,祝我有一个快乐的旅行。我向她说:

"万里独行,这真是一次寂寞的旅行啊!"

她听了安慰我说:

"唯有寂寞才自由。"("Only the lonely are free.")

我说:"请你再说一遍,我喜欢这句话。"

她说:

"让我把全诗赠给你,这也是我所喜欢的一首诗。"

那诗的意思是说:

> 晶亮的清晨更早地把我唤醒,
> 曙光取代群星,
> 却丢下一弯苍白的月。
> 啊!苍白的月,

>你像我一样地寂寞。
>但我们可以遨游于天地间,
>唯有寂寞才自由!

我想象得出她为什么喜欢这首诗,读者也一定想象得出吧。

她邀我旅行完毕返回华府时,做一次她那"没有男人的舒适的家"的客人。可惜我8月返华府住一周,结束旅行,了未了之事,办理到日本的护照等,反而忙得透不过气,只好在信中向她致歉。也希望这位接待过不止我一个台湾去的客人的人,有一天会"寂寞才自由"地旅行到台湾来吧!

版权合同登记号：图字：11-2015-173号

图书在版编目(CIP)数据

林海音散文 / 林海音著. —杭州：浙江文艺出版社，2019.4

(名家散文珍藏)

ISBN 978-7-5339-5532-8

Ⅰ.①林… Ⅱ.①林… Ⅲ.①散文集—中国—当代 Ⅳ.①I267

中国版本图书馆CIP数据核字(2018)第296724号

责任编辑　朱　立　冯静芳
装帧设计　观止堂_未氓
责任印制　吴春娟

林海音散文　LIN HAIYIN SANWEN

林海音　著

出版	浙江文艺出版社
网址	www.zjwycbs.cn
经销	浙江省新华书店集团有限公司
制版	杭州天一图文制作有限公司
印刷	浙江新华数码印务有限公司
开本	850毫米×1168毫米　1/32
字数	133千字
印张	7.25
插页	5
印数	0001-6000
版次	2019年4月第1版　2019年4月第1次印刷
书号	ISBN 978-7-5339-5532-8
定价	42.00元

版权所有　违者必究

(如有印、装质量问题，请寄承印单位调换)